李荷西 · 著

公子世无双

17个古代才俊的风华人生

民主与建设出版社

·北京·

图书在版编目（CIP）数据

公子世无双：17个古代才俊的风华人生 / 李荷西著 .
北京：民主与建设出版社，2024. 8. -- ISBN 978-7
-5139-4725-1

Ⅰ . I25

中国国家版本馆 CIP 数据核字第 202410RK64 号

公子世无双：17个古代才俊的风华人生
GONGZI SHI WUSHUANG 17 GE GUDAI CAIJUN DE FENGHUA RENSHENG

著　　者	李荷西
责任编辑	刘　芳
封面设计	言　成
出版发行	民主与建设出版社有限责任公司
电　　话	（010）59417749　59419778
社　　址	北京市朝阳区宏泰东街远洋万和南区伍号公馆 4 层
邮　　编	100102
印　　刷	天宇万达印刷有限公司
版　　次	2024 年 8 月第 1 版
印　　次	2024 年 10 月第 1 次印刷
开　　本	880 毫米 × 1230 毫米　1/32
印　　张	9
字　　数	130 千字
书　　号	ISBN 978-7-5139-4725-1
定　　价	42.00 元

注：如有印、装质量问题，请与出版社联系。

前言

中国数千年的历史中，曾涌现过一批又一批令人记忆深刻的风流才俊。他们由于特定的历史环境和不同寻常的契机，得以站在时代的浪潮之巅，他们的光芒犹如一颗颗明亮的星辰，在苍穹中烛照世间。

本书从灿烂的文化星河中选取先秦至南宋17位具有代表性的翩翩公子，他们有的以颜值名世，如貌若潘安、美似宋玉、看杀卫玠；有的以才华著称，如一代"赋圣辞宗"司马相如、独占天下才之八的曹植、写出被誉为千古第一骈文《滕王阁序》的少年天才王勃；有音容兼美、骁勇善战的兰陵王高长恭，龙章凤姿、天质自然的嵇康，秋水芙蕖、倚风自笑的王维，鹤舞长空、俊朗飘逸的杜牧，情深不寿、才华横溢的李商隐；还有既能经国济世又能教书育人的第一流人物范仲淹，不可无一、难能有二的人间绝版苏东坡，命世大才、济时远略、气概豪迈、吞吐八荒的辛弃疾……他们在各种因缘际会下往往都是"虚负凌云万丈才，一生襟抱未曾开"。

作者汲取大量正史材料，以人物的生平为经，其人生重大事件或个人代表性事件为纬，通过留存下来的诗词、书信和传说，用想象力之笔让一个个人物复活起来。

读他们的故事，走进他们的人生，了解他们的梦想和现实、得意和失意、尽兴和落寞。当特定的时代光环被一层层剥除之后，也让我们有机会窥探他们是如何面对人生浮沉，寻求心理慰藉和现实突围的。

目录

宋玉：　　　　　　　　　　　001
曲高和寡太高级

司马相如：　　　　　　　　　009
弹琴感文君，颂赋惊汉主

曹植：　　　　　　　　　　　020
若有若无之间

嵇康：　　　　　　　　　　　035
孤勇者的绝唱

潘安：　　　　　　　　　　　047
做一人的檀郎

卫玠：　　　　　　　　　　　055
倾国倾城貌，多愁多病身

兰陵王：　　　　　　　　　　065
山如玉，玉如君

韩子高: 074
我才不是男皇后

王勃: 083
见天地，觉宇宙

王维: 094
以禅渡岸

白居易: 111
长安居不易

杜牧: 135
不能自遏

李商隐: 153
困在无题的网中

柳永: 169
风月场男神

范仲淹: 182
天地间气，第一流人物

苏轼: 199
不可无一，难能有二的人间绝版

辛弃疾: 252
谁会登临意

宋玉：曲高和寡太高级

公元前278年，秦国大将白起攻陷楚国都城郢都（今湖北荆州），楚顷襄王退往陈都避难，被流放的楚国贵族屈原在汨罗江畔抱着大石头投江自尽。

那一年，宋玉21岁，正意气风发。他早春作完《神女赋》，后又与庄辛联手平昭奇叛乱，从一个文学侍臣升为议政大夫。

得意不过数月，国都变为失地，屈原自尽的消息传了回来。

楚怀王不喜欢屈原，楚顷襄王也不喜欢，屈原几乎不容于世。于是满朝文武，没有一人敢为其吊唁感怀，甚至连屈原的另一个弟子黄歇也未敢出声，除了宋玉，"故嗣三闾之音者，唯玉一人而已"。

很难说，屈原的死对宋玉到底有什么样的影响，但深刻是肯定的。

宋玉出生在楚国鄢城（今湖北宜城），祖籍却在宋国，虽是商汤后裔却家境贫寒。宋玉出生那一年，楚怀王已在秦国以一国之君的身份被当作人质，在齐国为质的太子熊横历尽千难万险回国登上王位，就是楚顷襄王。两年后，楚怀王病死在秦国，秦楚断交。屈原被免去三闾大夫之职，流放江南。

不知道屈原与宋玉这一老一小有怎样的邂逅，宋玉事屈原又有怎样的机缘。总之，宋玉之于屈原，应是亦仆亦徒的关系。宋玉比黄歇更好地师承了屈原的文风，是继屈原之后最好的辞赋大家，与他的老师被世人并称为"屈宋"。他更是以一己之力将楚辞发展成了赋。

被誉为"兰台公子"的宋玉身材修长挺拔，面容俊美，举止潇洒，一表人才，有记载："体貌闲丽""身体容冶"。

有趣闻说，每当宋玉从街上走过，街边各家各户的纸窗户都会被戳一个洞来偷看他。

后世鱼玄机有诗云："自能窥宋玉，何必恨王昌。"

所谓"美若宋玉，貌若潘安"，一个人好看到被不停地偷看，那必定不是寻常的好看。

楚国有三大贵族，姓氏为屈、景、昭。

景差身为楚国贵族，文采斐然，是楚顷襄王的文学侍臣。在屈原的拜托下，他向楚王推荐17岁的宋玉也做了文学侍臣。

有一天，楚王出去玩，看到天空中变幻莫测的云霞，问宋玉：这是什么云气，为什么这么绮丽？

宋玉说："朝云。"

"什么是朝云？"

初出茅庐的宋玉，于是作《高唐赋》，先是描写巫山地区的风土地貌，然后把巫山神女的热情如火展现得淋漓尽致：

> 闻君游高唐，愿荐枕席……旦为朝云，暮为行雨。朝朝暮暮，阳台之下。

从此，"云雨"一词便多了不可言说的意蕴。

又一天，楚王为唐勒、景差、宋玉等人出了个题目："说大言。"看谁能把大说得最好。

宋玉便作《大言赋》：

> 方地为舆，圆天为盖，长剑耿介，倚天之外。

他把一个巨人顶天立地的形象算是说到了极致，被楚王嘉奖，奉为上宾。

再一天，楚王带侍从去云梦之田游玩，又出了个题目："说小言。"看谁把小说到最好。

宋玉又作《小言赋》：

> 无内之中，微物潜生，比之无象，言之无名，蒙蒙灭景，昧昧遗形……视之则眇眇，望之则冥冥，离朱为之叹闷，神明不能察其情。

一时间连唐勒和景差也甘拜下风。

楚王一高兴，便把云梦之田赏给了宋玉，制册受封，享用终身。

宋玉小小年纪便如此锋芒毕露，难免招人嫉妒。

有一个叫登徒子的大夫，跟楚王进谗言："玉为人体貌闲丽，口多微辞，又性好色。愿王勿与出入后宫。"

他说，宋玉长得太好看了，说话却狂傲，人又很好色。大王啊，您要管好他，不要让他进入到您的后宫里了，不然后果不堪设想。这莫名其妙的话，说得楚王一愣一愣的：

"寡人的后宫为何会让他靠近？你莫不是在胡扯？"

"楚王好细腰，宫中多饿死。"楚王当然也好色，但还是把宋玉喊过来教训一番。

宋玉年轻气盛，但因出身寒微，不能像他的师傅屈原那样直接怼回去，便用讲故事的方法来为自己申冤：

"大王，我长得好看是天生的，我有什么办法呢？我说话风格是我老师教的，师承而已。说我好色？这样吧，我跟您讲个故事您就知道到底是谁好色了。您知道天下女人数楚国的最美，楚国的女人又数我老家的最美，我老家的女人又数我家东边邻居家的姑娘最美。她可是倾国倾城的绝色大美女。"

如何之绝色呢？

> 东家之子，增之一分则太长，减之一分则太短；著粉则
> 太白，施朱则太赤；眉如翠羽，肌如白雪；腰如束素，齿如
> 含贝；嫣然一笑，惑阳城、迷下蔡。

这段对美女的经典描写，不仅留下了一个成语"嫣然一笑"，还让"东家之子"成了绝代美女的代名词。

楚王听完也觉得这姑娘真的美，这时宋玉话锋一转：

"这样一个国色天香的美女，她却天天趴在她家的墙头上偷看我，还一连看了三年，到现在也没有许配人家，就等我呢。但这三年，我一次也没有答应和她在一起啊。大王，您还觉得我好色吗？"

楚王听完开始思索，刚想了片刻，宋玉乘胜追击：

"倒是那个说我坏话的登徒子啊，他老婆长得巨丑，丑到什么地步呢？蓬头耷拉耳，豁唇凸嘴烂牙，驼背半瘸，一脸美丽疙瘩痘。就这么丑的人，那个登徒子还跟她生了五个孩子。大王，您想想，我和登徒子到底谁好色呢？"

楚王又听得一愣一愣的。旁边正好有个秦国的大夫叫章华，他被宋玉的故事所打动，说：

"我觉得我是个挺守德的人了，没想到宋玉比我强多了啊。"

楚王听完，便点点头："嗯，好吧，宋玉，我不赶你走了。你就还是留在寡人身边做个文学侍臣吧，听你讲话挺会胡扯的。"

《登徒子好色赋》被记载在《昭明文选》里，是不是宋玉所作却没有定论，但我们却可以从另一面窥见宋玉之美。

在日本浮世绘画家鸟山石燕的《百鬼夜行》中，东邻之子被画成"倩兮女"，因为独爱宋玉却求而不得，死后化为美貌女鬼，只凭笑声便能勾取男人魂魄。

看来宋玉的美貌已经远渡重洋，天下皆知了。

宋玉虽然搞定了登徒子，但堵不住嫉妒他的其他悠悠之口。

楚王因为他行事作风很像屈原，并不喜欢他："美其才，而憎其似屈原也。"

有一次，喊他过去问："宋玉，你是做过什么不好的事吗？你明明很有才华，为什么大家却不称赞你呢？"

宋玉说：

> 客有歌于郢中者，其始曰《下里》《巴人》，国中属而和者数千人。其为《阳阿》《薤露》，国中属而和者数百人。其为《阳春》《白雪》，国中属而和者，不过数十人。引商刻羽，杂以流徵，国中属而和者，不过数人而已。是其曲弥高，其和弥寡。……夫圣人瑰意琦行，超然独处，世俗之民，又安知臣之所为哉？

这就是成语"下里巴人""阳春白雪""曲高和寡"的由来。宋玉有才情，也是骄傲的："世人不称赞，并不是我不好，而是我洁身自好，不同流合污，曲高和寡是因为我太高级了，你们不懂而已。"

之后，宋玉又作《风赋》《神女赋》。

虽然宋玉的文章大多是抒情和写景，但最后总是回归到对楚王的劝诫。这种成文结构，影响深远，后世汉赋的大体结构基本与之如出一辙。

对此，欧阳修有云："宋玉比屈原，时有出蓝之色。"他对宋玉的喜爱溢于言表。

国都失陷，屈原自尽，是宋玉的心结。

宋玉作为最像屈原的学生，他比谁都了解老师的心怀天下和报国之志，他也比谁都了解老师屡次被谗臣构陷甚至于至死都不能回郢都的悲惨。

宋玉一定困惑过，明明一腔热血只为报国，为何下场却如此凄惨，甚至不容于世？老师的那一腔热血到底值得吗？

不管值得不值得，宋玉并没有选择明哲保身，还是想完成老师的夙愿，让楚国重新变回那个光辉强大的雄楚。

只不过那楚顷襄王还不如他父亲，自欺欺人到竟然把退守的陈都（今河南淮阳）改名为郢都，已经毫无斗志，无意去收回楚国被占领的失地。

直到考烈王即位，楚国才渐渐有了希望。

楚国先是攻鲁并占领徐州（今山东枣庄）。之后，战神白起在长平之战坑杀赵军四十余万，赵国危如累卵。

平原君和毛遂来楚国求援，宋玉和黄歇劝考烈王联赵抗秦，并取得了胜利。再之后，楚国吞掉了鲁国，楚国又恢复了强大。

文章憎命达。宋玉50岁那年，他的同门黄歇架空考烈王，大权在握，免去了宋玉的一切职位。

至此，布衣宋玉就再也没有回过朝堂。

17岁那年被封赏的云梦之田,是他最后的归宿。他在云梦之田生活了26年,直至76岁去世。

　　云梦之田在今天的湖南常德临澧,至今还有宋玉城。

　　宋玉在云梦之田,将一腔悲愤化成了流传千古的《九辩》:"悲哉,秋之为气也!"这就是著名的"宋玉悲秋"。宋玉成为文人悲秋的第一人。

　　杜甫有诗:"万里悲秋常作客,百年多病独登台。"

　　至此,"悲秋"成为中国诗坛不可或缺的关键词。

　　临澧当地流传着宋玉在云梦之田的故事。

　　传说,他在当地办学劝学却分文不取,被当地百姓爱戴。传说,当地有一种黄色的小鱼没有名字,宋玉很爱吃,便给那鱼儿起名"黄花儿鱼"。

　　又有传说,宋玉死时,黄花儿鱼集体跳出水面,与沿岸的油菜花一起,用一片灼灼的金黄来缅怀这位一生都因美因浪漫因才华而曲高和寡的大才子。

司马相如：弹琴感文君，颂赋惊汉主

公元前179年，处在巴蜀之地的成都，有一户很有钱的人家，这家生了个小孩，名叫犬子。

犬子一天天长大，他每天读书、练剑、弹琴，日子过得很是快意。

犬子也非常爱学习，且慕名士。

当他读到战国时期赵国名相蔺相如的故事时，激动地跑去对父亲说："我……我要改名字！我……我也要叫相如！"

这户人家姓司马，有点儿口吃的司马犬子从此就改了名字，叫司马相如了。

所谓"慧心者多口吃"，犬子长成了小伙子，那是文韬武略，气质非凡。

20岁时，家里给他买了个在皇帝身边做侍卫的郎官，职位是武骑长侍。

武骑长侍这个职位，长期以来对人的身高、外形、武力和身体素质都要求颇高，由此可见，司马相如的外形是不错的。

长得好看，身材一流，又写得一手好文章，司马相如真的是意气风发。

他在从成都前往长安的路上，经过一座桥时，在桥身上题下豪言壮志：

"不乘赤车驷马，不过汝下也！"

根据《逸礼·王度记》记载：

> 天子驾六，诸侯驾五，卿驾四，大夫三，士二，庶人一。

就是说，司马相如要做到太守及以上，他才打算风风光光地回乡。

这真的是自信心爆棚。少年啊，在还没被社会毒打过的时候，总是这样豪气干云，觉得世界如此简单。

此后，司马相如留在汉景帝身边，做了这个武骑长侍。

虽然这个工作就是陪皇帝打猎，也算是见过天子威仪。

这样的日子，一过就是几年，他觉得很安逸，但不够好，总觉得差了点儿什么。

景帝的胞弟梁孝王深受圣宠，好辞赋，集结了一大批文人墨客做门客，司马相如心向往之，便托病辞官也去了梁孝王的属地做了门客。那应该是他最恣意快乐的日子。

梁孝王整了个大宅子叫梁苑，让这些文人墨客一起住在梁苑里，每天就是饮酒作赋，好不快活。

明朝的王廷相曾作《梁苑歌》：

> 君不见梁王已破六国垒，苑中便起文园台。

文人中的赋作大家邹阳、枚乘都在其中。

司马相如就在这时，写下了名扬千古的《子虚赋》。我们现在用的成语"子虚乌有"就是从这里来的。

这篇赋写得好啊，明代王世贞评价此赋：

> 材极富，辞极丽，而运笔极古雅，精神极流动，意极高，所以不可及也。

这样的好日子文人们一过就是好几年，直到他们的老板梁孝王去世了。

没有了老板，没人发工资，于是大家都作鸟兽散了。

此时的司马相如已经30岁了，身无长物，且没有一官半职，无处可去，无枝可依。

大丈夫能屈能伸，也不管少年时题在桥上的那句"不乘赤车驷马，不过汝下也"了，只得还家。

只不过家也不是之前那个家了。之前他能做郎官，家里能拿出不少钱。

可如今，他的父母已经仙去，钱也没了，留给司马相如的只有一个破宅子。

但他有名气啊。山不在高，有仙则名，司马相如的《子虚赋》已经让他声名鹊起，所以来寻访拜见的人也不少。

其中有一个叫王吉的迷弟，对他简直就是顶礼膜拜。

王吉在临邛县（今四川邛崃）做县令，三请五请邀他去小住。

司马相如闲着也是闲着，就去了。

司马相如住在旅店里面，王县令每天都非常恭敬地去拜见他。

可司马相如非常倨傲，对王县令，他想见就见，想不见就不见。

饥饿营销搞了不久，整个临邛县都知道有司马相如这号神人，那县令都对他颇为看重，肯定是个巨牛的人。

这位巨牛，接下来便开始收到各方邀请。

有一个叫卓王孙的，家里真有矿，是临邛首富，大摆宴席，邀请王县令和司马相如。

王县令去了，司马相如不去。他不去，宴席就不开。

王县令又去旅店三请五请，好声相劝，司马相如这才去了。

司马迁在《史记》里写：

> 相如之临邛，从车骑，雍容闲雅甚都。

什么意思呢？

司马相如从车上下来的那一个瞬间，整个世界都为之倾倒了。

他看起来雍容贵气，气质绝佳，貌美非常，还难得地有点儿闲适的松弛感。

用当代的语境说，这人长一张"高级脸"，自带一种"高级感"。

这是历史上非常有名的一场宴会。

《史记》中写：

> 及饮卓氏，弄琴，文君窃从户窥之，心悦而好之，恐不得当也。既罢，相如乃使人重赐文君侍者通殷勤。文君夜亡奔相如，相如乃与驰归成都。

短短几十字，却让几千年来的文学创作都有了模板。好一段才子佳人为情夜奔的浪漫故事啊。

司马相如有口吃，高谈阔论可能对他来说并不合适。王吉为了让他能更好地展示才华，所以只要他弹琴。

相传，司马相如的琴叫"绿绮"，和蔡邕的"焦尾"、齐桓公的"号钟"、楚庄王的"绕梁"并称四大名琴。

相传，他那晚弹的曲子就是著名的《凤求凰》。

卓文君通音律，是个音乐爱好者。

她被琴声吸引，悄悄地走到宴请的大厅门前。窥之，天哪，这是什么神仙人，为什么长那么帅还那么有才华！我好喜欢，但是恐怕我配不上他吧！

卓文君为什么觉得自己配不上司马相如呢？

那年她17岁，新寡。

《史记》中并未描述其貌美，所以，大抵是不美的。

但《西京杂记》上写：

> 文君姣好，眉色如望远山，脸际常若芙蓉，肌肤柔滑
> 如脂。

后来一直便有"远山眉"，形容女子眉毛好看。

《西京杂记》的史实价值，自是不能和《史记》媲美，但我愿意相信她是美的。

我猜司马相如弹琴的时候，肯定也看到了卓文君，否则不会在弹完琴之后就给其侍女送钱，让她帮忙通传信物。

既然郎有情妾有意，文君就直接和他私奔了。

司马相如真是个急性子，当晚就一路车马飞奔跑回了成都。

后世很多文人都说司马相如这是窃妻，上不得台面。

但也有人说，巴蜀地区本来就有抢亲的习俗，卓文君新寡，所以必须以这样快准狠的方式才有机会抱得美人归。

只是卓王孙气得七窍生烟，说："这熊孩子，我也不能打死她，但以后我一分钱也不给她！"

说归说，当爹妈的永远都搞不赢孩子。

回到成都，卓文君才发现，司马相如家里是真的"家居徒四壁立"，太穷了。

两人都是富二代出身，都不是能过苦日子的人，于是"貂裘换酒"之类的故事便发生了。

卓文君劝司马相如："要不然我们回我老家吧，就算我爹不管我，

亲戚兄弟总能救济一二。"

于是,两人便回了临邛。

司马相如把自己的车马卖掉,开了一家小酒馆,每天穿个大裤衩和文君一起卖酒。这就是著名的"文君当垆沽酒"。

这事若放到现代,真不失为一种浪漫。

年轻的小情侣一起努力开店,就算是直播,也定有一番出路。可那时是西汉,开小酒馆可是下九流才有的行为。

卓王孙本来就觉得很丢脸,熊孩子跑了也就跑了,眼不见心不烦,可小酒馆开到自己眼皮子底下,气得每天连门都不敢出。

众人便又劝他:"你看长卿虽然很穷,也没有什么一官半职,但他长得帅啊,并且还很有才华,不看家世的话,还是与文君很般配的。"

罢了,罢了,卓王孙终是向熊孩子低了头,派人送去一百个奴仆,一百万钱:"走你!"

急性子的新郎司马相如一拿到钱,店也不开了,立刻带卓文君跑回了成都。两人自此过上了幸福又有钱的生活。

后来的文人就又开始批判司马相如,骗婚又骗钱!渣男!

不过,也有人不这么认为,说卓文君本来已经嫁过一次,那嫁妆本来就是她自己的私产。

晋代葛洪,在《抱朴子》一书里说:

小疵不足以损大器……窃妻不可以废相如。

大意说,就算是骗婚、骗钱了又如何,司马相如还是司马相如啊，是被后世奉为"辞宗""赋圣"的人啊。

当时汉武帝已即位，少年天子非常喜欢读赋，不知怎的，读到了司马相如的那篇《子虚赋》。

这一篇赋看下来真是酣畅淋漓，武帝激动地喊："朕独不得与此人同时哉？"

哎呀呀，为什么我和这作者不是一个时代的人啊！

武帝说这话时，旁边刚好有一狗监。

狗监，就是为皇帝养狗的官儿，这狗监名叫杨得意，连忙上前跟武帝奏报：

"皇上啊，这个作者，臣认识！我们老家的，他叫司马相如，这篇赋是他写的！"

后世王勃在《滕王阁序》里有言："杨意不逢，抚凌云而自惜。"杨得意确是司马相如的引荐人啊。

十几天后，杨得意就把司马相如带到了殿上。

汉武帝说："长卿啊，你这《子虚赋》写得好啊。"

司马相如说："好……好啥好啊，您让我再给您……写一篇，比这个好得多。"

武帝大喜说："那你写吧。"

司马相如于是大笔一挥，写了《子虚赋》的姐妹篇，便是大名鼎鼎的《上林赋》。

汉武帝读完太喜欢了，一高兴又给司马相如封了个郎官。

这个郎官和他20岁时充任的郎官虽然都是郎官，但又不是同一个郎官了。

花钱买的官儿和皇上给的官儿自然是不一样的。

就像虽然只有一个月亮，但今夜的月亮却又不是昨夜的那一个了。总之，现在的这个郎官儿有牌面！

司马相如做了几年郎官，他每日的工作就是跟着汉武帝打猎。

武帝爱打猎胜于爱赏赋，经常打到半夜，还甩开随从，危险的行为不胜枚举。

司马相如有一次看到武帝打猎时竟然亲自下场去跟野兽搏斗，吓得立刻写了一篇《天子游猎赋》。

他把天子狩猎写得那叫一个大气磅礴，美不胜收，但结尾却是跟武帝说：

"您怎么能这样呢？作为天子，不可以天天就想着打猎，连自己的生命安危都不放在心上，您可悠着点儿吧。"

汉武帝看完，哇，写得真好。然后把赋放在一边，继续我行我素。

几年后，司马相如奉旨去巴蜀地区慰问百姓。

当然，事儿办得很漂亮，汉武帝很高兴，长卿还是很有政治前途的，于是又拜司马相如为中郎将，去西南帮他办另一件事。

司马相如此去又回了故土，经过了自己曾经题过字的那座桥，少年时期"赤车驷马"的豪情壮志也算是实现了。

之前死活看不上他的那位老丈人卓王孙也仿佛变了一个人，逢人便说：

"哎呀，我很后悔啊，为什么没有早点儿把文君嫁给他啊。给钱，给儿子多少钱，就给文君多少钱！"

不得不说，父亲的爱也很势利啊！

这次司马相如做事漂亮，汉武帝也很高兴。

但回去没多久，司马相如却被罢官了，因为有人举报他贪污。

司马相如便带着卓文君离开了长安，去了长安的郊区茂陵常住。

在茂陵的日子，司马相如郁郁不得志，也总算看清了自己的身份：长卿我啊，不过是皇帝的一个文学弄臣罢了，我累死累活，写那么好，也就是逗逗皇上开心的啊！和那些文臣武将相比，我真的什么都不算啊！

《西京杂记》有一条记载，说他心情不好，总要找点儿乐子，于是看上了一个茂陵的女子，想要娶她做小妾。

卓文君知道了非常不开心，便作了那首著名的《白头吟》，留下了流传千古的那句"愿得一心人，白首不相离"。

司马相如看到这首《白头吟》，立刻就放下了纳妾的念头，一心要和卓文君白头不相离了。

不过据当世考据，《白头吟》或许只是后人的杜撰，是通俗文学的产物，是大家喜闻乐见的故事。

司马相如就这样在茂陵过了两年，因为有钱，倒也对做官没有什么执念。

谁知道，很快地，汉武帝又召他回去了。

这次，汉武帝给他的职位还是郎官。

司马相如心想：郎官，郎官，又是郎官，也不管人家愿意不愿意，开心不开心。长卿我啊，已经做了三回郎官了，这次我不想做了。

司马相如每日消极怠工，经常托病不去上班。

《史记》上说他患有消渴疾，就是糖尿病，所以也算是名正言顺的托病。

汉武帝也不管他。两年后，给他换了个新工作，拜为孝文园令，让他去给汉文帝守陵。

自此，司马相如已经没有了任何的政治抱负。

但在新工作岗位上，司马相如还是写了两篇赋。

其中一篇叫《大人赋》，写得是惊天地、泣鬼神，主要讲神鬼之事，但赋的结尾又劝诫武帝，别想什么长生不老成仙的事儿了，干点儿正事儿不行吗？

汉武帝看了之后很喜欢，说：写得真好啊！但依然我行我素。武帝的人设就是主打一个任性。

55岁那年，司马相如去世。

死了好多天了，汉武帝才知道，连忙派人去司马相如在茂陵的家里。

"赶紧去看看长卿有没有留下什么赋作，有的话一定要给朕拿过来。"

使者果然带回来一篇《封禅书》。

八年后，汉武帝于泰山封禅。

曹植：
若有若无之间

　　曹操有很多老婆，也有很多儿子。

　　那个年代对女人的要求不似明清那样，什么三从四德，什么一女不事二夫。曹操的老婆们好多都是别人家的老婆。

　　每次曹丞相打了胜仗，占领了城池，就把那些手下败将的内宅收拾一番。遇到皮相还不错的夫人、小妾，就很不见外地收归自己了。

　　正史记载曹操有25个儿子。但今天耳熟能详的，不过是曹丕、曹植、曹冲。

　　曹操侍妾刘夫人，生了长子曹昂。但刘夫人早亡，曹昂是正妻丁夫人带大的，也就成了嫡长子。

　　曹昂作为嫡长子，本来是没有任何悬念地要做魏王的。奈何曹昂早亡于军中，曹操也就对接班人有了新的考虑。

五六岁就懂如何称象的神童曹冲是曹操最喜欢的小儿子。

曹冲聪敏异常，又有仁爱，曹操多次在群臣面前夸赞他，有立嗣之意。只不过天意弄人，曹冲年仅13岁，就因病而死。

曹操哀痛至极，曹丕前去劝慰，曹操说："此我之不幸，而汝曹之幸也。"

哼，若不是我冲儿没了，你们哪有什么机会继承我的大业？

这个"汝曹"是谁呢？

表面意思是你们这些姓曹的，实际却是特指曹丕、曹植两个最有希望的继承者。

曹丕和曹植一母同胞。母亲卞氏是个歌姬，但深明大义、淑雅庄重，在曹操未起事之前就嫁与他。

卞夫人为曹操诞下四子：曹丕、曹彰、曹植、曹熊。说起来，曹植应是曹操第四子。

曹昂死后，养母丁夫人伤心欲绝，和曹操闹了离婚，卞夫人便上位成了正妻。

于是，曹昂死后，曹丕成了嫡长子。曹冲死后，曹植就是曹操最喜欢的儿子。这两兄弟，先后成了"平替"。

曹操一生不依礼法，立长还是立贤，不过存于一念之间。

曹植为什么是曹冲之后曹操最喜欢的儿子呢？

我们现在最感佩的浪漫主义诗人李白，他的才华是举世公认的。但李白最佩服的人是南朝才子谢灵运。而谢灵运最佩服的人，就是曹植曹子建了。

谢灵运曾说："天下才共一石，曹子建独得八斗，我得一斗，自古及今共分一斗。"

你听这话说的，曹子建独占天下才华的80%，我占10%，尔等古往今来的所有人加起来的才华，也就和我一般多。这就是成语"才高八斗"的由来。

并且曹植长得帅啊，历史记载他神清骨秀、面若美玉、风度翩翩、卓尔不群。啧啧，果然就是优质偶像。

在文学和影视形象中，曹植给我们的印象都是文雅的白面书生。

但其实不然，曹植从小跟随他爹南征北战，是实打实在军中摸爬滚打过的。

虽不是生于军中，但说他长于军中一点儿都不为过。

就在这样战火连天、疲于奔命、朝不保夕的日子里，曹植竟然十来岁就能诵读《诗经》《论语》、先秦两汉辞赋及诸子百家。

所谓"诵读"并不是只读一读，而是会背，且阐明大意。

每次曹操考他学问，他都对答如流，出口成章。

曹氏好文学、尚通脱，曹操作为建安文学的领军人物，白天在外拼杀，晚上喝酒作诗，诗歌辞赋的造诣和审美都很高。但曹植的文章写得太好了，曹操都不敢相信是这个十几岁的儿子自己写的，甚至问他是不是找人代写的。

这样的孩子，哪个当爹的不爱呢？

直到曹植13岁那年，曹操干掉袁绍，占领了邺城（今河北邯郸），曹植才算过上了安稳的日子。

这一年还发生了另外一件事。

话说曹军刚一入城，曹植18岁的哥哥曹丕便效仿他爹先下手为强，麻溜跑去袁绍的内宅，把袁绍儿子袁熙的老婆甄宓给收了。

"江南有二乔，河北甄宓俏。"甄宓是和大小乔齐名的美女。

因为曹军破城，甄宓便蓬头抹灰躲在屋里。

等曹丕找到她，搞好头发，擦擦脸，立刻被她的美貌惊艳：

> 顾揽发髻，以巾拭面，姿貌绝伦。……遂见纳，有宠。

曹植到底有没有在13岁这年情窦初开对自己的嫂子一见钟情呢？

咱也不知道。

不过，曹植翩翩贵公子的潇洒日子就此拉开了序幕。那应该是曹植最快乐的日子。

父亲宠爱，兄友弟恭，才华横溢，自然就要呼朋引伴，宴饮游乐，吟诗作赋，恣意人生。

16岁那年，曹植又随曹操出征到柳城，作《白马篇》：

> 白马饰金羁，连翩西北驰。借问谁家子，幽并游侠儿。
>
> 少小去乡邑，扬声沙漠垂。宿昔秉良弓，楛矢何参差。
>
> 控弦破左的，右发摧月支。仰手接飞猱，俯身散马蹄。
>
> 狡捷过猴猿，勇剽若豹螭。边城多警急，虏骑数迁移。
>
> 羽檄从北来，厉马登高堤。长驱蹈匈奴，左顾凌鲜卑。
>
> 弃身锋刃端，性命安可怀？父母且不顾，何言子与妻！

名编壮士籍，不得中顾私。捐躯赴国难，视死忽如归！

为什么要把这首诗全部放在这儿呢，就是要给大家欣赏一下少年曹植的这种豪气干云，这种视死如归，这种要建不世之功业的雄心壮志！这不就和他爹一样一样的吗？

这就是为什么曹操一直说，曹植很像他。

曹植绝非后世艺术创作下的那种文弱书生，多年的随军戎马生活让他走遍大江南北。

他后来在《求自试表》里说：

南极赤岸，东临沧海，西望玉门，北出玄塞。伏见所以行军用兵之势，可谓神妙矣。

可见他"旅游"的地方挺多的，见识眼力非一般人能比。

曹植19岁那年，曹操在邺城筑成铜雀台，春风得意，邀请一众文士登台作赋。

众人摩拳擦掌，各显神通，但他们要和"曹八斗"比？

开玩笑！曹植略加思索便下笔琳琅，第一个交卷，词畅意达，句句锦绣，就是流传至今的《铜雀台赋》。

曹植的优秀，让曹操很是长脸，于是他一高兴就在第二年曹植行过冠礼后，封他做了平原侯，食邑五千户。

而此时曹丕还只是个五官中郎将，没有任何封赏。

诚然，曹操此举大致是想把曹丕留在身边锻炼令其监国，有立嗣之意。

但比起曹植的恩宠日盛，很难说大哥曹丕对这个弟弟到底是一种什么样的情感。

嫉妒？忌惮？但大抵是又爱又恨的。

话说，有一次曹操要出征，臣子们送行，曹植出口成章作凯旋诗送给父亲。

而曹丕，只能在谋士吴质的提示下装起哭来，以眼泪来表达对父亲的不舍和担忧。

想象一下，在曹操和众人都交口称赞曹植的时候，曹丕是怎样的境地？他会不会觉得有曹植在的地方，自己就像一个陪衬？

但曹植对曹丕却始终爱敬非常。

有一次，曹植要随父出征，曹丕留邺城监国。

曹植曾写道："愿我君之自爱，为皇朝而宝己。"后又写："翩翩我公子，机巧忽若神。"简直就是曹丕的迷弟。

曹操获封魏王后，立嗣之争便拉开了序幕。

但你要说曹植真的有心去夺这个世子之位吗？

想来是没有的。在他的众多诗文中，并没有任何展现自己有继位想法的内容。

他对争储这件事，看起来就像是陪爹爹大哥玩一玩那样儿戏。看他的谋士就知道了，杨修、邯郸淳、丁仪兄弟，都是一些文采出众、政治能力很一般的人物。

曹丕那边，可都是司马懿、陈群、吴质这样的政治家，个顶个儿地老谋深算，都是政治敏感度极高的老狐狸兼表演艺术家，几乎没有可比性。

就个人来说，曹丕城府极深，但曹植率真坦诚。

率真对城府，在政治角逐中，不就是把项上人头顶出去，等你随时来割？胜利的天平早就偏向曹丕那一边了。

曹植23岁获封临淄侯，后又增邑五千户，成为名副其实的万户侯。基本就是那个年代的顶级高富帅了。

这一年对于曹植来说就是生命中最重要的转折点。

当年，曹操出征，浩浩荡荡带着全家人，只留曹植在邺城监国。

曹操临行前，语重心长地找曹植聊天：

> 吾昔为顿丘令，年二十三。思此时所行，无悔于今。今汝年亦二十三矣，可不勉欤！

儿啊，为父我23岁那一年已经做了顿丘令了，没有做过一件令我至今会后悔的事情。如今你也23岁了，也要好自为之啊！潜台词是好好干，你还有机会。

但23岁的这一年，曹植似乎就游离在若有若无之间。不知是因酒喝得太多，还是这世间的一切本就是有无相生，若有若无。

留在邺城的还有他的嫂子甄宓。咱还是不知道他与甄宓到底发生了什么。

《三国志》记载，等曹操班师回来后，卞夫人看甄宓觉得她更漂亮了，很是讶异：

> 后与二子别久，下流之情，不可为念，而后颜色更盛，

何也?

卞夫人问甄宓:你和你的两个孩子分开那么久,为什么倒是气色更好更漂亮了?

甄宓回答:"叡等自随夫人,我当何忧!"

很难不让人多想点儿什么。

就是这一年,又发生了让曹操震怒的"司马门事件"。

司马门是只有天子才能乘车过的皇门,曹操都得下马步行。但曹植酒后竟然敢乘天子座驾,人开司马门人笑而过。

《三国志·魏书·陈思王植传》记载:

> 植尝乘车行驰道中,开司马门出。太祖大怒,公车令坐
> 死。由是重诸侯科禁,而植宠日衰。

就是这件事后,曹操对曹植大失所望,曹植在他心目中的地位也一落千丈。

更何况,杨修参与国事时,每每跟曹植打小报告,还兼带把曹操可能要考问众子的题目偷偷泄露给他。

曹植每每对答如流,却都是杨修的政见。

这让曹操大为光火,一个明君是断不能下臣说什么就是什么,独听和独宠一般,早晚闭目塞听,听信于谗言,失策于大局。

曹操本就讨厌杨修,觉得这人小聪明太多,太容易就看懂自己的心思,留着特别没有安全感。

后来，曹丕继嗣，要割断曹植的羽翼，曹操必须杀了杨修。

曹植醉酒误的事还不止一件。

两年后，关羽北伐，曹仁被关羽困于襄樊，曹操下令让赋闲已久的曹植带兵去救援。

谁承想，曹植竟喝得酩酊大醉，误了军机，真是要气死他老爹。

曹操为什么要让曹植去带兵？

因为曹植有军事才能，而曹操对他始终偏爱，虽然已经立嗣曹丕，但还想要再给曹植一次立功的机会。

曹植为什么在这么重要的任务当前却喝得酩酊大醉？真的只是因为他"任性而行，不自雕励，饮酒不节"吗？

说到底，他还是无心表现自己，有意避开兄弟之争。

《三国志》里有记录，在曹丕还未被立嗣之时，二哥曹彰曾经对曹植说："我咋觉得咱爹更倾向于你呢。"

但曹植说："不行。"意思是，他不争。

与王位相比，曹植更看重的竟是与哥哥的亲情。

公元220年，曹操病逝于洛阳，曹丕继位为魏王。

同年十月，曹丕三次"辞让"后接受汉献帝"禅让"，在洛阳称帝，改元换代。

这一"禅让"开启了两晋南北朝三百多年民不聊生的乱世，之后残忍血腥的"禅让"不胜枚举，直至隋末杨侑也被唐高祖李渊"禅让"称帝。

曹丕上位后就开始"痛打落水狗"，整治弟弟们了。

广为流传的"最是无情帝王家"的典故《七步诗》的故事，正史里虽无记载，但《世说新语》和《三国演义》里却都有描绘。曹植的境遇可见一斑。

翩翩贵公子的后半生，几乎就是在猜忌和诬陷中苟活。

曹丕先是处死了曹植的谋士丁仪兄弟，然后打发诸侯王去自己的封地。

曹植年轻时的诗作《白马篇》有多么意气风发、自信张扬，后面写给白马王曹彪的那首《赠白马王彪》就有多凄清孤寂、苍凉悲怆。

即便再看重兄弟亲情，也要被迫分离，各奔东西，想见而不得见。这便是"王侯皆思为布衣而不能得"。

之后，曹植便开始了他的搬家之路。

曹丕上位后，曹植搬家多达八次。

曹丕对诸侯王兄弟们的管理十分严苛，守卫兵只允许有两百人，且都是老弱病残，甚至骑射、旅行都不能超过封地三十里。

诸侯之间不许有往来，曹丕还派监国使者去监视他们的一举一动。

曹操在立嗣问题上的摇摆不定，让曹丕最终把曹植视为眼中钉，待遇相比于其他诸侯王，通通减半。

这还不算，因为监国使者的一次诬告，曹植被押送洛阳，差点儿被判死刑。

多亏了他母亲卞太后说情，才逃得一死，但曹丕肯定是动了杀心的。

曹植最看重的，所谓的哥哥的亲情，不过也是在若有若无之间。

曹丕上位后第二年，甄宓就因郭女王进谗言被毒酒赐死，死后

"披发遮面，以糠塞口"。绝代芳华，香消玉殒。

相传，曹丕把甄宓用过的枕头赏给了曹植，不知真假。

曹植被告发后，便被贬为安乡侯。这还没几个月，又改封为鄄城侯。

就在搬家去鄄城（今山东菏泽）的路上，曹植写成《野田黄雀行》：

> 高树多悲风，海水扬其波。
>
> 利剑不在掌，结友何须多？

对比少年时期"陈王昔时宴平乐，斗酒十千恣欢谑"的呼朋引伴、恣意潇洒，那时是何其的悲凉。

之后，曹植被封为鄄城王。

谢过恩回鄄城的路上，曹植写下了千古名作《感甄赋》，也就是后来流芳百世的《洛神赋》。

> 其形也，翩若惊鸿，婉若游龙。荣曜秋菊，华茂春松……肩若削成，腰如约素……云髻峨峨，修眉联娟。丹唇外朗，皓齿内鲜，明眸善睐，靥辅承权。瑰姿艳逸，仪静体闲。柔情绰态，媚于语言……体迅飞凫，飘忽若神，凌波微步，罗袜生尘。动无常则，若危若安。进止难期，若往若还……

《洛神赋》就像曹植做过的一个美梦，然后，梦醒了。

《洛神赋》里对女性美的描写，至今无人能超越。

值得一提的是，传说中的洛神，就是伏羲的女儿宓妃。

要说好巧不巧，《感甄赋》之"甄"即甄宓之"甄"，难免不让人浮想联翩。

甄宓临终前曾写过一篇《塘上行》：

> 想见君颜色，感结伤心脾。
>
> 念君常苦悲，夜夜不能寐。

曹丕称帝后带郭女工去了洛阳，但把甄宓留在了邺城。甄宓便作了这首诗送给曹丕，并不是很多人意淫的那样送给曹植的。

况且，曹植也曾写过一篇《君子行》：

> 君子防未然，不处嫌疑间。
>
> 瓜田不纳履，李下不正冠。
>
> 嫂叔不亲授，长幼不比肩。
>
> 劳谦得其柄，和光甚独难。
>
> 周公下白屋，吐哺不及餐。
>
> 一沐三握发，后世称圣贤。

从诗文上看，曹植断不会做出叔嫂亲授之事。

人们喜欢把曹植和甄宓捆绑成情侣，不过是因为曹植后半生太苦，想给他多加一场才子佳人的附会。

无论与甄宓怎样，曹植对曹丕，却一直都是哥哥虐我千百遍，我待哥哥如初恋。

《洛神赋》里云："虽潜处于太阴，长寄心于君王。"不管我在哪儿，我心里只有哥哥。

在被谗言陷害后，写："君不我弃，谗人所为。"只要哥哥还爱我，进谗言的小人算什么？

在封地不开心，写："愿为西南风，长逝入君怀。"哥哥，我爱你！想变成风在你的怀抱里。

冬天到了，写："陛下长欢乐，永世合天符。"哥哥，我想你，愿你永享天命、天天开心。

没两年，曹植又被迫搬了一次家，去做了雍丘王。

曹丕南征回师，路过雍丘去看望了他。

这次是兄弟俩最后一次见面了。

也许是曹植作为王爷的境遇确实有点儿惨不忍睹，曹丕给弟弟增加了五百户食邑，还送了他十几套衣裳。

这次见面后的第二年，曹丕因病驾崩。

曹丕与甄宓的儿子曹叡继位，就是魏明帝。

也许是因为司马懿洗脑太成功，曹叡有其父之风，防姓曹的像防贼，但对司马氏却越加信任无度。

曹植看在眼里，心里着急，曾给大侄子曹叡上疏说："当年姜太公被封在齐国，结果到了春秋末期，掌控齐国的人却不是姓姜的了……您要是不相信，这封信您留在档案馆里，后世的人看了一定会认同我说的话。"

意思是，大侄子，你可长点儿心吧，要不然你以后会后悔的。但他大侄子只操心他母妃的事儿，先是处死了曾进谗言的郭女王，又追谥甄宓为文昭皇后，并特别烦躁地让曹植把《感甄赋》改名为《洛神赋》。

曹植又给大侄子写信，想找点儿活干，就是那篇著名的《求自试表》，希望能为国效命，为君分忧，效犬马之劳，并虽死无悔。曹叡看了看信，然后又让他搬家了。

这次搬家去东阿（今山东聊城），曹植目睹了边海难民的困苦生活，写下《梁甫行》：

妻子象禽兽，行止依林阻。

柴门何萧条，狐兔翔我宇。

曹植在东阿的境遇也不好，甚至体验了一把什么叫饥寒交困、三餐不继。

他去洛阳面圣，曹叡发现他脸色特别不好，还赐了一些吃的给他。只不过，比起身体上的苦，他内心的苦也达到了顶峰。

他终是抱利器而无所施，少时"戮力上国，流惠下民，建永世之业，流金石之功"的雄心壮志，终究再也无法实现。

于是，罢了罢了。一切的一切，不过就真的是若有若无。从此，曹植礼佛，读经，不问世事。

在东阿的海边鱼山，曹植听到空中天乐梵呗之声，美妙绝伦，意境深远，感悟甚深，于是将其音节记录下来，并对他的儿子说："如果我死了，就把我葬在这里吧。"

几年后，曹植又被迫搬家到陈（今河南周口），被封为陈王，没多久便在抑郁中薨逝，时年41岁。

他的儿子遵他的遗愿把他葬在了东阿鱼山。

他死后，谥号思，后世称其陈思王。

嵇康：孤勇者的绝唱

西晋末年，相传有个人在洛阳的街道上看到一个人又高又帅，气质绝佳，卓尔不群。换句话说，他在一群人之间就像一只野鹤立在鸡群中间那样显眼。

成语"鹤立鸡群"就是这么来的。

后来听说这个帅哥竟然就是嵇康的儿子嵇绍，这人便去找竹林七贤中年纪最小的王戎打听。

王戎说："你是没有见过他爸爸，他爸爸比他帅十倍。"

嵇康的帅在《晋书》里是用了32个字来描述的：

身长七尺八寸，美词气，有风仪。而

> 土木形骸，不自藻饰，人以为龙章凤姿，天质自然。

而在这之前的史书里，夸人好看，不过就是寥寥的"美姿仪"。

魏晋崇尚阴柔之美，比如"傅粉何郎"何晏不仅要吃五石散美白，还要抹粉化妆。

王羲之不化妆，甚至不敢出门，但嵇康的美是一种阳刚之美。

嵇康身高接近1.9米，风度翩翩，文采飞扬，帅而不自知，不修边幅，胡子拉碴，天生自然，但大家还都觉得他是龙章凤姿，风采出众，帅绝人寰。

《晋书》里还有一段描写，说嵇康去山里采药玩，遇见一个砍柴的樵夫，那樵夫看他衣袂飘飘，高大挺拔，玉树临风，竟以为他是下凡的神仙。

《世说新语》里说：

> 嵇康身长七尺八寸，风姿特秀。
>
> 见者叹曰："萧萧肃肃，爽朗清举。"
>
> 或云："肃肃如松下风，高而徐引。"
>
> 山公曰："嵇叔夜之为人也，岩岩若孤松之独立；其醉也，傀俄若玉山之将崩。"

山公即是竹林七贤中年龄最大的山涛。

山涛第一次见到嵇康和阮籍就契若金兰，肝胆相照。

山涛也爱惨了嵇康，说我的朋友又高又帅，站着就像孤松那样挺拔，要是醉了站立不稳的时候那就更帅了，像一座玉山快要倒了那样赏心悦目。

从此，世人对赞美男神便有了更高级的说法："肃肃如松下风。"

竹林七贤之七人为：山涛、嵇康、阮籍、向秀、刘伶、阮咸、王戎。

七贤中有两个领袖，一个是年纪最大后来位列三公的山涛山巨源，还有一个就是嵇康嵇叔夜。

嵇康是七贤的中心人物，精神领袖。

嵇康和阮籍去山涛家做客。秉烛夜谈之际，山涛的妻子很好奇名士的模样，于是便偷偷在墙上钻了洞去偷看。

《世说新语》里说她："夜穿墉以视之，达旦忘反。"

山夫人觉得那两位真的太好看了，简直就被迷住了，于是一整夜不睡觉，忍不住回去趴在墙洞上看了好多次。

向秀也特别喜欢嵇康。

嵇康在山阳（今河南焦作）隐居，特别喜欢打铁。

他在自家小院后园的柳树下搞了个打铁铺，还引来山泉，绕着打铁铺建了个小小的游泳池。

打铁打累了，他就跳到泳池里去泡着休息，特别会享受。

而向秀最喜欢什么呢？向秀最喜欢在嵇康打铁的时候，给他拉风箱。而拉风箱也是一件美事。

《道德经》云：

　　天地不仁，以万物为刍狗；圣人不仁，以百姓为刍狗。
　　天地之间，其犹橐籥乎？虚而不屈，动而愈出。

所谓橐籥，即是风箱了。

王戎是竹林七贤中的"俗人"。

他小时候特别聪明，"王戎不取道旁李"是我们从小就知道的故事。

长大后，他爱财吝啬，贪生怕死，毫无名士之风。

他去参加七贤聚会，阮籍看到他就讽刺他："哎哟，俗人来了。"

但王戎却很喜欢嵇康，说他与嵇康在一起20年，从未见过嵇康喜怒于色："喜怒不寄于颜。"

阮籍嫉俗如仇，常予人青白眼，大抵是个不好相处的人，估计没少给王戎翻白眼。但嵇康应是从来没有骂过王戎。

最搞笑的是，嵇康听说阮籍对自己的哥哥嵇喜也翻过"白眼"，于是就抱着琴去找也热爱弹琴的阮籍，用美貌与才华赢得了阮籍对他"青眼"相待，从此结为知音。

这样一个霁月清风、和光同尘、人见人爱、花见花开的妙人，他是怎么长大的呢？

首先，嵇康的爸爸很会起名字。

他就俩儿子，大的叫嵇喜，小的叫嵇康。

不过是希望一个每天都开开心心的，一个一直都健健康康的。可以说是很佛系了。

只不过这个佛系的爸爸在嵇康4岁的时候就撒手人寰了。

嵇喜年长嵇康十几岁，长兄为父，嵇康是在哥哥的宠爱下长大的。

既然是宠爱，那就是有慈无威，不训不师，由着他去。

所以，嵇康的性格就有点儿自由散漫，从小读书，都是喜欢什么读什么。他读的最多、最爱的就是《老》《庄》。

他学习能力极强，基本没有请过老师，属于自学成才，但又"博览无不该通"。

他后来写文章，也从不注解经典，而是自成体系，独立成章，自成学说。

嵇康的音乐天赋也极高。

《太平广记》里说，嵇康喜欢弹琴，有一次，他夜宿月华亭，睡不着，就起来弹琴，琴声优雅，打动一幽灵，那幽灵便传《广陵散》于他，更与嵇康约定，此曲不得教人。

虽然《太平广记》只是传说，《广陵散》虽绝矣却还是中国古代十大名曲之一。

《广陵散》旋律慷慨激昂，纷披灿烂，戈矛纵横，惊心动魄，有杀伐之意。

故事说的是五大刺客之一聂政刺韩的故事。大概就是曲子里这种壮怀激烈的战斗意志，是嵇康所喜欢的吧。

毕竟他的一生都在为追逐自由而反抗、而战斗。

嵇康还很擅长写四言诗。

他哥哥嵇喜被举秀才，担任卫将军司马攸的司马，离家要去从军时，他写了《赠秀才入军》一十八首。

成语"风驰电掣"和"顾盼生姿"即来自第九首。

而其中第十四首那句"目送归鸿，手挥五弦"，弹着琴看着大雁南飞，真是浪漫至极。

他23岁作《养生论》：

> 故修性以保神，安心以全身，爱憎不栖于情，忧喜不留于意，泊然无感，而体气和平。

这思想觉悟，很多人一生也不一定明白。至此他声名鹊起，更因才貌双全而被曹操的儿子曹林所看重，把自己的孙女长乐亭主许配给了他。

史书没有记载嵇康有没有娶小妾。

后来，司马氏高平陵政变杀曹爽，站在政治舞台的最高点后，多次想招揽嵇康为己所用，但被嵇康一次次地拒绝了。

也许有他爱自由的天性使然，但我觉得，更多的原因是他自己身为曹家的女婿，对司马氏的篡权不忠感到不齿。

毕竟，曹魏当政的时候，他就已经拜了官，做了中散大夫了。所以嵇康对他的妻子也定是有情有义的。

嵇康思辨能力极佳，他的文章以论为多。

《释私论》《管蔡论》《声无哀乐论》《难自然好学论》等，每一篇拿出来都惊世骇俗。

"矜尚不存乎心，故能越名教而任自然。"——《释私论》

他主张不把世人的夸赞放在心上，超越儒家的各种伦理纲常束缚，任人之自然本性自由地伸展。

"六经以抑引为主，人性以从欲为欢。抑引则违其愿，从欲则得自然。"——《难自然好学论》

这篇是为了批评当时张邈的《自然好学论》而作。

他提出六经和礼法是压抑人和束缚人的，而人的快乐却是由本心出发去做真正想做的事，只有这样，才能保持人的天性，更接近自然地生活。

嵇康的自然，就是老庄哲学的自然。自然即是非人为的，本来如此的，天然而成的。

嵇康的《答难养生论》也提到过，真正的自然生活并不是纵欲，而是在排除私欲之后内心清净的状态。嵇康超前的解悟，打开了玄学的众妙之门，使他成为玄学大家。

《管蔡论》是嵇康在小皇帝曹髦的讨论会上写的，文章借周公平管蔡的典故，隐隐地打了想要被禅让（篡位）的司马氏一个闷闷的耳光，算是和当时大权在握的司马昭也结下了梁子。

《声无哀乐论》批判"治世之音安以乐，亡国之音哀以思"的论点，提出音乐和酒一样，享用的人才能体会到哀和乐。音乐只是音乐本身，哪有什么哀和乐之分？这观点一语道破物之为物的本真，站在了思想的最前沿。

几篇大论文一问世，优质偶像即风靡全国。

大书法家钟繇的儿子钟会也是嵇康的粉丝。

他写了一本《四本论》，自己觉得文采斐然又有见地，自然想找个名士给推介一番，想来想去，还是要去找自己最喜欢的嵇康。

钟会从小聪明胆大，去见魏文帝曹丕连汗都不出。可是去见嵇康却紧张得不行。

他去嵇康的后园外站着等，嵇康正裸着遒劲的肌肉打着铁，向秀正拉着风箱。

他这个不速之客，确实有点儿煞风景。

他左思右想，一句话也不敢说，只敢像扔情书那样把自己的作品扔进了园子里，扔完就跑。

《四本论》嵇康看没看咱也不知道，但最终结局不外乎是被扔进火炉，为打铁进程助一把力。因为那《四本论》从头到尾与嵇康的主张都是不相合的。

钟会等了好几年，都没有等到偶像推荐自己的《四本论》。

后来他升了官，心里还放不下这个事儿，便带了好多人拿着礼物浩浩荡荡又去找嵇康。

还是那个后园，嵇康还在打着铁，向秀还在拉着风箱，钟会还等在园外不敢拜会。

众人面面相觑地等了好久，也没有等到嵇康发话请他们入园。这样胶着了一会儿，嵇康问钟会："何所闻而来？何所见而去？"

当着众人的面，钟会失了面子，气得跺脚说："闻所闻而来，见所见而去。"

之后，他拂袖而去，从此结怨嵇康，化身黑粉。

君子坦荡荡，小人长戚戚。哎，看帅哥这脾气。

当时还有一个隐士叫孙登，也好老庄，无妻无子住山洞，编草衣，喜欢长啸，但不爱讲话。跟他说话，大抵是不被理会的。

嵇康很仰慕他，曾跟随他游学。他跟嵇康说过一句话："君才则高矣，保身之道不足。"

你很有才华但性格刚烈，是不被现今的社会所容的，以后还需慎之又慎。孙登一眼就看出嵇康会因其刚烈而成为那个时代的悲剧。

再后来，山涛升官，举荐嵇康去做尚书吏部郎。

嵇康一听到这个消息，暴跳如雷，立刻写了一封历史上最有名的绝交信《与山巨源绝交书》。这信看得山涛是冷汗直流。

嵇康大概是伤心。因为他曾经说"所与神交者，惟陈留阮籍，河内山涛"。

山涛是他最好的朋友，明明那么了解他却又不理解他。

他是曹家的女婿，他怎么可能会给司马氏做官？

一他不齿，二他不能。

《与山巨源绝交书》中，嵇康写了"七不堪"和"二不可"。

这"必不堪者七"，一代男神把自己说得甚是不堪。

不喜欢早起。不喜欢约束。不喜欢坐班。不喜欢写信。不喜欢吊丧。不喜欢应酬。不喜欢烦乱。

而"甚不可者二"更是愤世嫉俗。

> 又每非汤武而薄周孔，在人间不止此事，会显世教所不容，此甚不可一也。刚肠疾恶，轻肆直言，遇事便发，此甚不可二也。

好一个"非汤武而薄周孔"，这次可不是腹谤了，而是狠狠打了司马氏一个响亮的耳光。

司马昭看完直跺脚，如此狂傲，指桑骂槐，这还了得？

梁子结得更深了。

嵇康知道这"七不堪、二不可"对自己都不好，可他还是做了。因为他就是要"越名教而任自然"。

他不是矫饰，不是沽名，他只是真实，只是纯粹，只是从欲，只是自己文章的践行者，只是那个年代的孤勇者。

嵇康还有一个好朋友，叫吕安。

吕安最崇拜嵇康的高致，"每一相思，千里命驾"。

每次吕安想嵇康了，哪怕远隔千里也要驾车去见他。

嵇康对他也很好。

吕安的哥哥叫吕巽，也与嵇康结交。

后来有一天，这吕家出现了兄弟阋墙之事。

吕安的妻子很漂亮，吕巽趁吕安不在家的时候，灌醉了漂亮的弟媳，奸污了她。

吕安的妻子羞愤难当，第二天就自尽了。

吕安怒发冲冠，想要向官府告发哥哥。但吕巽却去找了嵇康，希望嵇康能与吕安斡旋说和，不让吕安去告发自己。

嵇康也许是不忍心看吕安家丑外扬，竟真的让吕安打消了告发吕巽的念头。

奈何这吕巽畜生不如，还是害怕吕安会告发自己，于是先下手为强，竟然先去官府告发吕安不守孝道，在母亲去世的时候没有好好地守孝。

司马氏不忠，对儒家的"忠、孝"只能取其一，所以极尽地注重孝道。吕安犯了大罪，被抓入监。

嵇康得知这个消息后，连忙去给吕安做证，并写了第二封绝交信《与吕长悌绝交书》，大骂吕巽无耻，与之割席。

也许是嵇康太有名气，这个案子传到了黑粉钟会的耳朵里，他这时已经高升，立刻请示司马昭说这个案子他来审。钟会要报他那"何所闻而来？何所见而去？"的自感羞辱之仇了。

长戚戚小人钟会倒是栽赃陷害的好手，不仅吕安不能善终，连只是个证人的嵇康也被冤成"叛国罪"。

消息一传出来，山涛立刻找各种关系斡旋求情。

山涛多次求钟会放过嵇康，都被冷嘲热讽。山涛又去找司马炎，而司马炎也拒绝了他。

司马炎曾经求娶阮籍的女儿却被拒绝，对竹林七贤也没有好感。

太学院的学生们也都上疏，说嵇康天纵奇才，不能就这么杀了。但司马昭杀意已起，任谁求情也没用了。

嵇康在狱中写了著名的《幽愤诗》。

这首诗意在自省，却尤其让人心痛其冤屈。一夜之间，《幽愤诗》传遍京城。

公元262年，嵇康行刑那天，太学院三千太学生在洛阳东市集体请愿，求免嵇康一死，请求让嵇康去太学院当他们的老师。

司马昭一看，嵇康本人反对我司马氏也就罢了，现在还要他去教你们三千学生一起来反对我吗？

于是，嵇康就再也没有生的可能了。

嵇康从容地在刑场上过完了他生命中最后的悲壮的辰光。

他喊哥哥嵇喜把自己的古琴拿来，然后弹奏了那首著名的《广陵散》。一曲弹完，他仰天长叹："《广陵散》于今绝矣！"

之后，便慷慨赴死，《广陵散》至此便成绝唱。

值得一提的是，那害死嵇康的钟会，不久后就因有不臣之心发动兵变，死于乱军之中。

嵇康死时，他儿子嵇绍才10岁。孩子要托付给谁呢？

不是哥哥嵇喜，也不是别的好友，而是托付给了已经绝交的山涛："山公尚在，汝不孤矣。"

回到我们前面说的山涛夫人在墙上凿洞偷看嵇康和阮籍的逸事。

山涛问夫人："你觉得我这两个朋友怎么样啊？"

夫人打量了一下他，说："无论才情还是样貌，你都是比不上这两人了。"

山涛也不生气，问："那别的呢？"

夫人说："嗯，你气度比他们大。"

嵇康死后，山涛一直不负所托，照顾嵇家儿女。

所谓契若金兰，肝胆相照，大抵如此吧。

潘安：做一人的檀郎

两个狱卒一个在前，一个在后，他被脚镣和枷锁困住，只能亦步亦趋地走向行刑台。街边已经站满了人，男女老少们都伸长了脖子看热闹，也看他这个将死之人。

他年轻时，总是很多人来看他。

没想到现在快要被砍头了，却也是这么多人看他。

只不过，那时，人们看他，是因为爱他，而现在，人们看他，是看他的笑话。

他不怕死，他早已没有生的念头了。

他的妻子和一双儿女早已去了，圣上下旨夷他三族，即便他是至孝的儿子，也救不了他73岁的老母亲。

枷锁太重了，脖子好痛啊。痛，便是活着的感觉吗？

他这一生，痛的时候太多了。他不想再痛了。有那么一刻，他不知道自己可有后悔过。在那个名士都要隐居，一说做官就谢绝的年代，他为什么却是个官迷？一步错，步步错啊。

他这一生啊，因为外貌受了太多的赞美了。

他生得美，气质绝佳。他生活的那个时代，是男人最推崇美的时代，而他的美是独一无二、独领风骚的。

年少的他，姿容绝代，意气风发，打得一手好弹弓，每当乘车出洛阳城打鸟，总是导致交通堵塞。

女人们想看他，便站在路边，等着他，手拉手围住他，往他的车厢里扔表示爱慕的礼物，什么鲜花、水果、情书、香帕子。他每每空车出门，回家时，总能满载而归。

说来好笑，他后来听说，写了《三都赋》导致"洛阳纸贵"的才子左思，也学他乘车，收获的却是女人们的白眼和唾沫。

许久之后他才明白，长得像他这样的人眼中的世界，和长得像左思那样的人眼中的世界，原来并不是一样的。

他有一个朋友叫夏侯湛，也是美姿容，他们两人一起走在路上，被人称为"连璧"。

璧人一般的他从小被夸着长大，被各种爱慕的眼光追随，他对自己一直都是有要求的。

他善于写赋，小小年纪便被誉为奇童。名儒杨肇第一次见他，就惊为天人，忙不迭地就把女儿许配给了他。

那年他才12岁，他的妻子杨容姬才10岁。12年后，两人成亲，她是他一生唯一的女人。世人称他们为"潘杨之好"。

命运的齿轮是何时转动的呢？

也许就是那一年，他随父亲入职，走遍大江南北。

在他父亲做琅琊内史时，手下有个小吏名叫孙秀的，善于逢迎拍马，嘴脸丑恶。他极为不齿，厌恶至极，经常对孙秀打骂鞭笞。

那时，他根本不知道，许久以后送自己上这断头台的，便是自己当年最不齿的这个人。

美貌和才华，仿佛是命运予他的馈赠。

但命运总是公平，给你一样，总是要拿走你的另一样。

他家道中落，背景苍白，在那个没有科举，只能保举才能做官的年代，即便他也算得上是名士，要出人头地的唯一办法也只能是"抱大腿"。

他抱的第一个大腿便是时任太尉的荀颤，在太尉府任司空掾。那年他19岁，未来光明，仕途坦荡，少年得志。

22岁那年，晋武帝司马炎亲身执耒躬耕以恢复籍田耕种礼。他瞅准时机，做得一篇《籍田赋》，赞司马炎可比周天子、尧、舜。

这篇赋有叙有论，辞藻清艳华丽，节奏不舒不促，仿佛佳文天成。司马炎阅后大喜，但也只是个大喜。

他左等右盼，却没有等来一官半职。失望之余，他才明白，木秀于林风必摧之，一个人既有美姿容又有如江才，只会让人忌惮，若没有动不得的后盾，那是万万不能容身于官场间的。

这一沉寂，就是7年。

求而不得是为执，他就是不能放下登高庙堂的想法。7年不声不响的等待，7年日日夜夜的煎熬。执越来越深，岁月蹉跎，华发早生。

他又作《秋兴赋》，结尾处写："逍遥乎山川之阿，放旷乎人间之世。优哉游哉，聊以卒岁。"若是真做到了文中所写的那样，不再执着于功名，趋庄子那般逍遥洒脱，现今的他会在哪里呢？

可是他这样写，只是因为那些大名士都喜欢老庄，都喜欢归隐。他心里只是希望更有名一些，机会更多一些。

他抱上了第二个大腿，新任太尉贾充。

贾充除了给他太尉府太尉掾、虎贲中郎将的职位，还举荐他做上了官——河阳县（今河南孟州）七品县令。在河阳县的那几年，应该是他最快乐的时候。

他终于有机会展露自己的才干。河阳多丘陵，他因地制宜满城栽种桃树，改善当地环境，增加百姓收入，深受爱戴，被誉为"桃花县令"。

他还结交了好友公孙宏，两人互称知己。而当桃花盛开的时候，他和夫人一起，扶着母亲，带着女儿，全家人一起赏花。种的花在眼前盛开，最爱的最亲的人在桃花树下欢声笑语，那是何等的美事。

只不过母亲随他赴任却思乡成疾，一心只想回故土。他至情至孝，婉拒百姓挽留，辞官回乡。

他回乡后没了俸禄，全家人吃喝都成了问题。他种菜，养羊，挤羊奶照顾母亲，而他和夫人有时甚至只能挖野菜充饥。他夫人杨容姬夫唱妇随，对他毫无怨言。

之后他又去了怀县（今河南武陟）做县令，怀县是大县，七品升了六品。但他还是不得志。

品貌才学如他，怎么会甘心？

他写："虚薄乏时用，位微名日卑。驱役宰两邑，政绩竟无施。"
这已经不是不甘心了，是深深的自卑！从小被夸到大的人，临近中年，却因官场失意竟被磋磨出了自卑。

有些人，原本是石头，被磋磨后，会雕琢成玉。而有些人，原本是玉，被磋磨后，却生了尘。他属于后者，白璧生尘。

44岁那年他抱上了第三个大腿，外戚杨骏。

他被杨骏引荐为太傅主簿，总算拨云见日，有了希望。只是，外戚势大，风险也大。不过一年，杨骏被皇后贾南风诛杀，他也被株连，若不是当年在河阳县结交的好友公孙宏帮他做证，他肯定难逃一死。

死罪已免，活罪难逃，他被免去官职，一年后才又被重起为长安令。西去长安这一年，他写下了《西征赋》。洋洋洒洒数千言，写尽历史千年。

之后他回京履新，却因母亲生病辞官侍奉，几近隐居，写下《闲居赋》。

才华还在，名头还在，很快，他如愿地又接到了橄榄枝。

贾后的外甥贾谧（韩谧）附庸风雅，喜好舞文弄墨，对他极为推崇。这个大腿要不要抱呢？

对他来说，这不是一个艰难的选择。贾谧那可是一个响当当的当权者。也许是因为见过了生死，又品尝了太久求而不得、朝不保夕的苦，又或者，是因为他天性轻躁，对权利的渴望已经刻进了骨髓，这一年，他年岁已近知天命，却以为上天终于开眼，让他有机会得到自己想要的一切。

他写信给贾谧，说自己与贾谧的外祖父贾充的渊源，表达对贾充的感激。

他出入巨富石崇特意为贾谧打造的金谷园，并被列为金谷二十四友之首。

他终于登得朝堂，甚至有机会被贾后所用。

他终于得到了他所想要的，终于又回味到了少时那被万人拥戴追捧的滋味。

而这一切，好像都是贾谧给的。所以，即便是贾谧乘坐的马车经过，他也会跪下来，对着远去的马车所扬起的尘土拜上一拜。

在扬起的灰尘中间，潘安的双鬓也染了尘。他不理会路人投来的鄙夷目光，扫扫膝盖，站了起来，多少有点儿志得意满。

他也没有想到他和他少时所厌恶的孙秀有何不同，他已经变成了自己曾经最讨厌的那种人。

51岁那年，他的妻子杨容姬去世，他哀思辗转，写了三首《悼亡诗》来悼念亡妻。

> 如彼翰林鸟，双栖一朝只。
>
> 如彼游川鱼，比目中路析。

为什么我的生活刚刚好了一些，我的生命刚刚得意了一些，你却不在了？这繁华我要与谁诉说？与谁共享？

毕竟，我这一生只有你这一个女人啊，你陪我吃了那么多苦啊！没有你的日子于我来说，只剩下"岁寒无与同，朗月何胧胧"。

她生时，他没有纳妾，她死后，他没有续弦。

可是他还有母亲。

他还要让他的母亲倍感荣光，于是他做了一个最错误的选择。他帮助贾南风构陷了当朝太子司马遹。

司马遹被废，又被贾南风派人害死。这件事引发了司马家族的其他诸侯王不满，八王之乱爆发。

朝局动荡，贾南风、贾谧被诛，他也被株连。

这一次事太大了，再没有如公孙宏那样的故人帮他说话了。

这一次，见到的故人却是他的仇人——孙秀。

孙秀跟随八王之乱的赢家赵王司马伦，鸡犬升天。

他去问孙秀："孙令犹忆畴昔周旋不？"

孙秀回答："中心藏之，何日忘之？"

他难逃一死了。

后悔吗？

刑场下人越聚越多，对他指指点点。他觉得脖子更疼了，痛的感觉就是活着的感觉。

他不愿抬头，却听见一个熟悉的声音喊他："安仁啊，你怎么也落得这般田地啊？"

他终于忍痛抬头，没想到喊他的竟然是旧友石崇。

石崇因侍女绿珠得罪了孙秀，也被孙秀发落，要与他一起问斩。命运惯喜用一语成谶来开玩笑。

他想起以前写予石崇的那句诗："投分寄石友，白首同所归。"谁承想，今日两人竟然真的要"白首同所归"了。

罢了罢了。这一世，说什么后悔，说什么不甘，一切不过是凭心。若命运再给他一次重新选择的机会，也许他也并不会做出其他的选择。

只是没有什么重新选择的机会了。

午时已过，刽子手举起大刀时，他垂下眼睛，仿佛听见发妻唤他：檀郎，檀郎，你要来寻我了吗？

他乳名檀奴，婚后发妻便喊他"檀郎"。

他含泪而笑，嘤咛一声，像是应她。这一世他没有辜负的只有发妻，他只做了她一人的檀郎。

片刻后，刑场下的百姓们拍手叫好，这一场行刑局，看得实在是过瘾：这个时代最美的人和最有钱的人，竟然一起被砍了头了！

潘岳，字安仁，因杜甫诗"恐是潘安县，堪留卫玠车"，后世人通称其潘安。

卫玠：倾国倾城貌，多愁多病身

相传，西晋开国皇帝司马炎，后宫佳丽近万人。

每天晚上，他都很烦恼今晚和谁睡，于是便把选择权交给了给他拉车的几只小羊。

他的羊车去了哪个宫，他便在哪里就寝。

这就是历史上著名的"羊车望幸"。

《晋书·后妃传》称：

> 时帝多内宠，平吴之后复纳吴王孙皓宫人数千，自此掖庭殆将万人，而并宠者甚众，帝莫知所适，常乘羊车，恣其所之，至便宴寝。

暂不提这掖庭怎么容得下近万的妃子，这羊车也多少有些淫靡的味道，但上行下效，民间也渐渐开始有了乘羊车的习惯。

司马炎即位第二年，便立他的嫡次子，8岁的司马衷做了太子。

司马衷这孩子，臣子们说他"纯至天真"，其实就是个智障儿。历史上那句著名的"何不食肉糜"就是他说的。

有一次司马炎宴请群臣，有个叫卫瓘的臣子，醉酒无态，竟然拍着龙椅说："此座可惜。"

司马炎假装听不懂："爱卿，你真是喝太多了，你可别说话了！"

卫瓘说那九五至尊的宝座给那智障儿司马衷坐了可惜，却是肺腑之言。

后来，司马衷娶了贾充的女儿贾南风。

司马衷继位后，就是那"何不食肉糜"的痴傻皇帝，贾南风就是那祸国殃民的"最丑妖后"。

贾南风为了把持朝政，排除异己，上位第二年就把说"此座可惜"的卫瓘和其子孙九人斩杀在卫宅内，只有卫瓘的两个孙子卫璪、卫玠，因为出门就医，才逃得一死。

卫瓘死的那一年，小孙子卫玠才5岁。

卫瓘曾说他："此儿有异于众，顾吾年老，不见其成长耳！"

卫瓘官至太保，什么人没见过，却也觉得这个小孙子实在不一般。可惜，看不到他长大了。

怎么个不一般呢？

《晋书》里说：

总角乘羊车入市，见者皆以为玉人，观之者倾都。

卫玠5岁，扎着两个羊角辫乘坐羊车出门，粉妆玉琢，像是个玉娃娃，太漂亮了，整个洛阳城都因他而动，万人空巷，来看这个碧玉一般的孩童。

虽然出名要趁早，卫玠却是出名得太早了。因为美貌而声名显赫，让他像个童星一般，只要出门，就引发交通堵塞："都来啊，都出来看玉人了啊！"

魏晋时期对男性美的要求是白、瘦、幼、弱，略带点儿病娇就更好了。

为什么魏晋时期的人觉得弱不胜衣是风流呢？

因为那时的士族名流都爱老、庄，而《道德经》里说："柔弱胜刚强。""天下之至柔，驰骋天下之至坚。"卫玠刚好满足了大众对美的全部想象。

卫玠天生体质羸弱，又敏感多思。

可以想象，虽然5岁那年因为就医逃过一劫，但回家后他所目睹的惨状，应该也给小小少年留下了不小的心理阴影。

他很小的时候，就思考做梦的事儿了。

但他是小孩子，他想不明白，就去问乐广。

乐广是卫玠爷爷的同僚，也是玄学家（我觉得那个时候的玄学就是哲学了）。他回答说："是因为内心有所思。所思所想的，才会在梦里出现。"

卫玠说："那为什么我的梦里会出现从来没见过也没想过的事儿？"

乐广就说："梦里出现的虽然你还没有经历过，但都是你之前经历的沿袭。"

乐广说得就挺高深的，卫玠小朋友还是不太明白。他就继续思索"沿袭"。

但他身体羸弱，想这个问题，竟然想得生了病。

乐广知道后，吓了一跳，连忙又去他家找他，又去给他讲解分析。具体怎么分析的，咱也不知道。

不过，卫玠后来终于把关于梦的问题给想通了，于是，病也慢慢好了。

乐广又去看望他，发现他气色好了，就很高兴，说："这个孩子，以后不会生心病。因为他会把所有想不通的问题想办法给想通了。"

卫玠的母亲是司徒王浑的女儿。他舅舅王济王武子是骁骑大将军，也是个远近闻名的大帅哥。

王济他大哥和他嫂子聊天说："我们儿子长得可真帅。"他嫂子说："哼，要是嫁给你弟弟王武子，那我儿子更帅。"

王济也是玉树临风，英姿飒爽的。但王济和卫玠坐一块时，曾经说过一句话："珠玉在侧，觉我形秽。"

哎呀，我外甥坐我旁边，像美玉一块，让我感觉我自己是多么的丑笨粗俗，不堪入目。这就是成语"自惭形秽"的由来。

帅舅舅还说："与玠同游，冏若明珠之在侧，朗然照人。"

我外甥太白了，太耀眼了，简直就是行走的夜明珠，和他一起走夜路，真不用打灯。

卫玠就这样在众人的啧啧赞叹中慢慢地长大了。

他喜静，又天资卓然，十七八岁就早早参透《周易》《老》《庄》，成为玄学家。乐广是看着他长大的，心想，这帅小伙儿，肥水不流外人田，得让他喊我一声"岳父大人"，于是便把女儿许配给了他。

乐广长得也帅，兼有德名，世人看他们翁婿："玠妻父乐广，有海内重名，议者以为，妇公冰清，女婿玉润。"

这就是著名的"冰清玉润"了。

魏晋初期，清谈开始在士族名流之间盛行。

发起者之一就是曹操的养子兼女婿"傅粉何郎"何晏。清谈就是玄学爱好者们在一起聚会，不聊时事民生，只聊一些高雅脱俗的周易、老庄学说。

唐代画家孙位有一幅画叫《高逸图》，描绘的就是竹林七贤的高端清谈聚会的场景。

每人一个席子（那时还没有凳子），一个仆从，喝酒，吃五石散，手持麈尾的正反双方辩手就高深的话题开展辩论，放飞自我，微言达旦。

据说，吃五石散也是从何晏开始的，之后五百年，嗑五石散，就成了有钱人无法割舍的爱好。

吃五石散可以美白，让人精神亢奋，还能壮阳。毫无疑问，五石散是有毒的，后来吃死的人也不少。何晏曾说，这玩意儿特别好，吃了之后清谈的时间可以从5个时辰延长到10个时辰。

说了那么多就是想让大家了解一下清谈和清谈的时间。

卫玠在清谈圈里开始声名大噪。但因为他身体不好，话说多了就会很累，他母亲对他家教颇严，便不许他去清谈。

"遇有胜日，亲友时请一言，无不咨嗟，以为入微。"只有非常重要的有贵宾的日子，卫玠才会在亲友的邀请下说上一些玄理。

卫玠平时不开口，一开口那就是金口玉言，各个都得拍手称赞，觉得卫玠说得太好了。

当时还有一个玄学高手是琅琊王氏家的王澄，字平子，每次他听卫玠讲完玄理，都佩服得五体投地。这便是："卫玠谈道，平子绝倒。"

王澄的侄子王玄也是玄学家，王澄、王玄再加上卫玠的舅舅王济，虽不是一个老王家，三人却也都是才华横溢的清谈名士，但当时的人们显然更偏爱卫玠，都说："王家三子不如卫家一儿。"

清谈界一致认为，卫玠讲玄，就是"正始之音"。

卫玠这样声名在外，自然又有人推举他去做官。

八王之乱结束后，晋怀帝即位，在亲朋好友加母亲的劝说下，卫玠去上班了，官至太子洗马。

风姿飘逸、清越弘远的琅琊王氏王导，第一次见到卫洗马却只叹可惜："居然有羸形，虽复终日调畅，若不堪罗绮。"

虽然看上去气色还不错，但感觉再轻薄的纱衣披在他身上都会压到他啊。

有一个词叫"慧极必伤"，放在卫玠身上再合适不过。

他从小喜静，每天不运动，就天天在家研究玄学，十七八岁便玄理皆通，又聪慧较真，不想清楚一个问题不罢休，那身体不好也就很正常了。

西晋历经八王内乱，政治国力军力都衰微，晋怀帝司马炽继位后，改元永嘉，百废待兴，啥也没干呢，又被司马越专权。

就在洛阳那边乱成一锅粥的时候，匈奴人刘渊在北方打着"兴汉"的旗号，建立了汉赵政权，并在永嘉二年（308年）称帝。

刘渊是匈奴贵族，为人也是文韬武略，有雄才。

汉高祖时期，汉朝公主跟他的祖上和亲，他祖上便改姓为刘了。所以他觉得他也流着汉室的血，也有资格做皇帝。

据说他出生的时候手掌有个类似"渊"字的纹路，于是，便起名叫刘渊。

永嘉三年（309年），这个汉赵政权就打到洛阳来了，史称永嘉之乱。

西晋内乱多年，但内乱是内乱，贵族和士族名流的利益都得以保全，也不会有性命之忧。但匈奴人打过来了，可就完全是不一样的性质了。覆巢之下，焉有完卵？

于是身在洛阳的士族名流和缙绅百姓们纷纷南迁避乱，这就是"衣冠南渡"。

卫玠也加入了这场历史大逃难中。

他哥哥卫璪是江夏郡公，食邑8500户，卫玠下江南的第一站就是江夏（今湖北武汉）。从洛阳到江夏，几近千里，又携家带口，舟车劳顿。

卫玠的发妻乐氏因为旅途劳顿而生了病，刚到江夏人就不行了。

卫玠名满天下，当时才25岁，自然很快就有人来介绍对象。

山涛的儿子、征南大将军山简，当时正驻守夏口，便把自己的女儿许配给了卫玠。正值乱世，也没有太多顾忌规矩了，没多久卫玠就娶了山氏做夫人。

婚后没多久，卫玠就把母亲留在江夏哥哥卫璪的身边，又带妻小继续向南，前往豫章（今江西南昌）。

过长江的时候，卫玠形神惨悴，面对滚滚江水对手下说："见此茫茫，不觉百端交集，苟未免有情，亦复谁能遣此。"

成语"百感交集"便来源于此。

王戎曾说："圣人忘情；最下不及情；情之所钟，正在我辈。"卫玠不是圣人，不是最下人，虽然通玄理还美若仙人，但也只是普通人。

普通人都有感情，都会难受。发妻死了，老妈也不能跟着。原本好好的，却要远离故土，背井离乡，家将不家，国将不国。遇到这样的事儿，谁能不难受呢？

卫玠到豫章后，接待他的就是大将军王敦。

王敦是王导的堂兄，族出世家大户琅琊王氏。王敦这个人，很有胆识，长得也不错，历史记载说他是"蜂目""豺声"。

几年后汉赵攻破洛阳，杀了晋怀帝。小皇帝晋愍帝也被杀害后，王敦、王导兄弟就帮助当时的琅琊王司马睿在建康（今江苏南京）建立了东晋政权。

王导主内，把持内政，王敦主外，把持兵权，这就是所谓的"王与马共天下"。

王敦虽然大卫玠很多，但是也很仰慕卫玠。

只不过他对自己的清谈水平不够自信，于是便请了一个朋友——

清谈大家谢鲲。

卫玠一见到谢鲲，非常高兴，总算是棋逢对手，刚好老妈也不在身边劝慰他要注意身体。于是兴致来了，两人便你来我往，你申我辩，竟至通宵达旦。

王敦整个过程都参与了，但听都听迷了，竟一句话也没插上。

妈妈不在身边，新娶的老婆还很害羞，就这么一次熬通宵，卫玠就病倒了，缠绵病榻许久。

但他身体刚有好转，就要离开豫章前往建康。因为他看王敦行事作风十分强势，面相也极其狠戾，感觉这人以后恐有不忠，会生祸事。管他病不病，痊愈不痊愈的，赶紧先跑了再说。

卫玠从小就是童星，此时又名满天下，走到哪儿，人还没到，风声先到："那谁那谁，大明星、大帅哥要来了，不见会后悔终生的那种帅哥，都来看啊！"

所以卫玠刚一到建康，就被人群围堵了。

《世说新语》里说：

卫玠从豫章至下都，人久闻其名，观者如堵墙。

可怜大帅哥病还没好，又长途跋涉、舟车劳顿，眼看到了目的地可以好生歇着休养一番，结果根本被堵得走不到可以休息的地方。

咱也不知道卫玠被堵了多久，他又是怎样穿过人墙的，总之他一到下榻的住处，就又病倒了。

这次，他便没有再好起来，很快，人就仙去了，时年27岁。

世人所谓："看杀卫玠。"但若不是自幼身体羸弱，又背井离乡，心思幽愤，在豫章时又因微言达旦伤了身体，接着又舟车劳顿，卫玠断断是不可能被看了一看就死了的。

可即便如此，"看杀"两字，却让这个"把美好撕破"的悲剧戏剧性更强了，我们这些后人，读后也就更觉惋惜遗憾了。

卫玠死后，与他曾经微言达旦的谢鲲听说后，走在路上就大哭起来。人家问他："你怎么哭成这个样子？"

谢鲲说："栋梁折矣。"

说卫玠"若不堪罗绮"的王导，甚至提倡家家户户都给卫玠立牌位来祭奠他。可见卫玠的名望有多盛。

兰陵王：山如玉，玉如君

你好啊，高长恭。

要说你的故事，得从你爷爷讲起。

你爷爷高欢，是北魏的权臣，与宇文泰的一场政治角逐后，将北魏一分为二，分而治之。

宇文泰辅立傀儡皇帝元宝炬建都长安，史称西魏。你爷爷高欢辅立傀儡皇帝元善见建都邺城，史称东魏。

你爷爷渤海王高欢，善谋略多巧思，文韬武略，任人唯贤，治军有方。

可惜，东魏没建立几年他就死于沙场。

你父亲高澄是你爷爷的长子，聪慧过人，严明有大略，少年老成，爱贤好士，政治天赋极高。

他是你爷爷最喜欢的儿子，才26岁便承袭渤海王王位，继任大丞相，拜大将军。

在职期间，你父亲惩治贪贿、平定叛乱、吞并两淮，功勋卓著。当时的魏孝静帝年少无为，你父亲筹谋多年想取而代之，只不过在发动政变的前两天，竟然被厨子兰京在自家所杀，一代枭雄还未功成却惨然收场。

你父亲死前只说了四个字："可惜，可惜。"

你父亲死后，你二叔高洋继承了你爷爷和父亲打下的基业，成功篡位，改国号为齐，史称北齐。

你二叔尊封你爷爷为神武帝，你父亲为文襄帝。

几年后，西边的宇文泰之子宇文觉也谋权篡位，改国号为周，史称北周。

你兄弟六人，史书上记录你五个兄弟的娘亲都有姓氏，唯独你母亲没有。

想来，她应该身份低微到不足以记。

也有人说，她也许不是汉人也不是鲜卑人，所以姓氏无法记录。你本来行三，却被录为四子。

那是因为和你同年出生的四弟高孝琬，他是嫡长子，便排在了你的前面。

你父亲死时，你还不到10岁，你母亲又身份卑微，如此，你许是过了一个非常谨小慎微的童年，但也不能说你的童年不快乐。

你的母亲虽然出身不好，但应该是个白皙美丽、娴静温柔的女子，否则不会把你养得那么好：温柔敦厚、貌柔心壮、音容兼美。

你从小被忽视，你的兄弟们早早就有了封赏，你却什么也没有。

但你毫无怨言，你习文练武，学习兵法，积极进取，小小年纪便立下誓言：忠君报国。

你那么不同。你在泥石流一般的北齐皇室王族中，像一股清泉，在高氏集团的狂魔乱舞间，像下凡的天使。每个人都在想着争权夺利、及时行乐的时候，你想着的却是忠君报国！

你16岁那年，你二叔终于想起了没给他带来任何威胁的你，给了你一个通直散骑侍郎的职位。

你二叔是个暴戾疯狂的变态连环杀手，酒色过甚，坏事做绝，早早死了，你堂兄高殷继位后，才封你做了兰陵郡王。

那年你19岁，是你们兄弟中最后一个被封王的。你们兄弟都文武双全，留名史册。因你父亲谥号文襄，你兄弟六人便被世人誉为文襄六王。

只不过你堂兄高殷在位一年便被废，改由你六叔高演继位。

你六叔只在位一年，便坠马而亡。

再之后你九叔高湛继位。你九叔刚上位就去霸占了你的二婶李祖娥，他专制残暴，又杀了你不少宗室亲族，在位四年后便为了享乐传位给你堂弟高纬，自封太上皇，没多久也死了。

你堂弟高纬，深得你九叔真传，吃喝玩乐搞女人，排除异己杀害忠良，荒淫无道，令人发指。至于其他皆是狗屁不通。

试想一下，如果你父亲没死，有机会完成统一大业的会不会是你？那世界会不会是另一种模样？历史会不会有另一种结局？

你祖父和父亲都长得好看，到你更是青出于蓝。你听听史书上是怎么夸你的：

> 北齐兰陵王体身白皙而美风姿。——《海录碎事》
>
> 兰陵王长恭，性胆勇而貌若妇人。——《教坊记》
>
> 白类美妇人。——《隋唐嘉话》

你想要建功立业，征战沙场。但你长得太好看了。

你这样的人上了战场，被五大三粗的对手看了，就要嘲笑，就要讥讽，就要调戏、占便宜，而很快，他们就因轻视你付出了代价。

因为你的勇武和你的外表像是一个极端到另一个极端。战场上要的就是震慑力，你的美姿容无法产生震慑效应。

于是，你蕙质兰心，做了一个木头的面具。

面具做成狰狞可怖的样子，画上青面獠牙，你戴上面具，从此化身神魔，大杀四方，战无不胜。

你九叔高湛即位后，在一场又一场血腥的王室大清洗中，你因为不牵扯任何派别斗争而被重用，官至并州刺史。

你23岁那年，北周杨忠联合突厥大举来犯，连下20座城池直抵洛阳，眼看国将不国。

你身为并州刺史，在一众不敢领命的将士中，主动请缨只带领500精骑去解洛阳之困。

令你声名鹊起的，就是这一场邙山之战。

在洛阳边的小城金墉（今河南孟津），你头戴獠牙面具，如神兵天降，穿越10万北周大军的层层壁垒如入无人之境，硬是把铁桶一般的北周围军打出了一条血路，所向披靡，直至城下。

城楼上的北齐官兵都不识得你是敌是友。直到你摘下面具，才被认出是举世无双的兰陵王。于是齐军士气大振，城门打开，内外夹击，破了洛阳之围。

《旧唐书·音乐志》里这样记录：

> 北齐兰陵王长恭，才武而面美，常著假面以对敌。尝击周师金墉城下，勇冠三军，齐人壮之，为此舞以效其指麾击刺之容，谓之《兰陵王入阵曲》。

在战场上你的面具让敌人害怕，却让自己人心安。

将士们为了庆祝胜利，也为了颂扬你的威名，集体创作了模仿你戴面具跳舞的曲子。

你可知后世的代面戏起源就是这首以你的名字命名的《兰陵王入阵曲》？

这曲子悲壮浑厚、古朴悠扬，广为流传，直至盛唐。你死后百余年，唐玄宗才以"非正声"禁演。

而又过了百年，《兰陵王入阵曲》传入日本，至今还被收录为正统的日本雅乐。

至南宋，《兰陵王》成为词牌名，又被无数才子佳人填词、唱诵。

即便荣光如此，你也是个不会骄傲的人。

你不骄傲，也礼贤下士，爱兵如子，得了吃的，哪怕只是几个瓜果也要和将士们分食。你宽容大度，即便有一次你入朝出来，仆从们却一个也没寻着，只得独自走回家，到家后也没有怪罪谁。

你不好色，一生只娶了一妻，你的九叔高湛赏了你20个小妾，你却只留下了一个，还是怕拂了皇上的圣恩。

你不记私仇，曾经告你贪污的阳士深，后来成为你的部下，终日惶惶，怕你报复，你只得寻了个他的小错，打了他20个板子来让他安心。

说起来你贪污，你真的是可爱啊。你怕声望太重，引起皇帝猜忌，只能以受贿自秽。

你亦仆亦友的亲信尉相愿问你：王爷啊，你明明不是贪财的人，为什么要收受那么多金钱呢？

难道是因为邙山大战之后，怕功高震主被皇上忌惮，才这样往自己脸上抹黑吗？

你没有说话，你九叔高湛纵然当时还很看重你，但你看见过他对其他高氏成员的杀戮，哪有什么亲情可言？

你大哥高孝瑜博闻强识，文武兼才，被高湛灌酒37杯后鸩杀投水而死，享年26岁。

你四弟高孝琬，只因一颗佛牙，就被高湛在自己家里活活打死，享年25岁。

你如履薄冰，深知生死不过是皇帝的一念之间。

尉相愿又说：王爷，你要知道君让臣死，何患无辞？

皇上要想杀你，你受贿这件事，刚好就可以拿来治罪啊。你说不出话来，只觉得委屈，只觉得困苦，只觉得左也不是右也不是。你所有的志向不过就是忠君报国，为何却连个生路都寻不得？

你问尉相愿该怎么办，尉相愿说：以后，您就托病在家不要参与朝事了吧。你点头认可。

可你怎么可能不参与朝事，不再去为国拼杀？你做不到的。

你是北齐的军事支柱，是国之柱石，是定海神针。因为有你在，北周才有所忌惮，北齐的国门才得以守住。之后定阳城之战、白狼城之战、柏谷山之战，你屡建奇功，频被封赏，渐渐进入权力中心。

你九叔退位后，你堂弟高纬继位。

高纬小你十几岁，少年君王，朝政把持在他的母后胡太后和奶娘陆令萱手中。

胡太后忌惮你手握兵权又受百姓爱戴，赐妃张香香，名为让你开枝散叶，实则却是为了刺杀你。

半年来，张香香手段用尽，你却对她礼遇有加。张香香终被你的高洁所打动，倒戈于你。

洛阳胡太守也派义侠赵五屡次对你刺杀不得。在一次次的尾随观察中，赵五也被你打动，救你于一次伏杀中。你感念赵五深明大义，不计前嫌，收他为义子，被传为佳话。

这桩桩件件，怎能不让想让你死的人心中更加惧怕？

邙山大捷后，你堂弟高纬有一次问你："入敌太深，会有性命之忧，哥哥不怕吗？不会后悔吗？"

当他那样说的时候，言辞恳切，目光真诚。你是别人给你一块糖，就要还五十块的那种人吧。那一刻，他不是皇上，是你的家人，是需要你保护的孩子。

于是，你说："家事亲切，不觉遂然。"

你说完，就看到高纬的神情有变，于是知道自己说错话了。家事？你把朝廷当成自己的家了吗？你缺心眼啊。

之后你便惴惴不安。

段韶、斛律光与你并称"北齐三杰"。

段韶病亡，斛律光被骗入宫，在凉风堂被扑杀。后来再有战事，便只剩下你一人有镇国将才，你不得不去啊。

你托病也无门，只能无奈地自嘲："去年面肿，今何不发？"之后，你就算得了病也不去治了。

你妻子郑氏是荥阳贵族出身，一直以来，你们举案齐眉恩爱非常。她看你如此，怎能不心如刀绞？

你为什么不反抗？

你手握兵权，百姓爱戴，即便端了高纬的老窝也不在话下。毕竟那高纬荒淫无道，能让冯小怜在朝堂之上玉体横陈，是遗臭万年的人啊。你愚忠啊！

再后来，高纬派人送来一杯毒酒。

你苦笑着对你的妻子郑妃说："我对国家如此忠心，为什么要赐我毒酒？"

你妻子说："为什么你不去面见皇上解释清楚呢？"

你说："皇上是不会再见我了。"

《北齐书》有载：

> 武平四年五月，帝使徐之范饮以毒药。
>
> 长恭谓妃郑氏曰："我忠以事上，何辜于天，而遭鸩也？"

妃曰："何不求见天颜？"

长恭曰："天颜何由可见！"

遂饮药薨。赠太尉。

你死时，33岁。

像是诅咒，你父亲高澄死时29岁，从你父亲开始，你们老高家的所有皇族，都没有人能活过40岁。

你死后，你妻子便出家为尼了。

你死后四年，你忠的君、报的国，都亡了。

韩子高：
我才不是男皇后

我还叫蛮子的时候，家里在卖草鞋，我便天天编草鞋。

那时，吾皇梁武帝萧衍礼佛成痴，言语行动皆教化。虽然北边蛮夷也经常来犯，但日子大体还过得去。

后来有一天，皇上收到一封降书，是个叫侯景的魏国将军写来的，他要叛他的国投靠我大梁。

连我阿爷都知道，北边那些个蛮夷之人，性情残暴，朝三暮四，骨肉都能相残，是断不可信的，但皇上信了，还很高兴。

于是，那侯景左右腾挪，虽未见得圣面，竟真的得了皇上的信任。皇上对他几乎就是有求必应，要啥给啥。

几年后，那白眼狼侯景果然打到建康来了。

皇上的那几个被封王的儿子各个拥兵，却不来救，大抵是想看鹬蚌相争，等老皇上死了，他们这些做儿子的坐收渔翁之利吧。

结果建康失陷，86岁的老皇上被侯景软禁，然后被活活饿死。他的儿子们仿佛就等着这一天，立刻就打起来了。天下大乱了，我们老百姓的日子便也过不下去了。

后来我就跟着我阿爷到处逃难，逃到了建康。

我其实很想去行军入伍，那些个打仗的军爷们，一个个凶神恶煞，好不威风。我要是也做了军爷，那我阿爷也就多了个念想，多了点儿希望。但阿爷不同意。

阿爷说我年纪小，长得也不行，太白了，眉目有艳色，像女人。长相那是阿娘阿爷给的，但我可以拍着胸脯说，我是铁骨铮铮的好男儿！

这样风餐露宿、吃了这顿没下顿的日子过了好几年。

侯景那家伙终于死了，萧家的儿子们死的也差不多了。阿爷说：蛮子，咱回家去吧。

我老家在山阴（今浙江绍兴），虽然阿爷也不知道我们之前的茅草屋还在不在了，但要说回家，我是欢喜的。我想家了。

可我到底也没回成家，路程走了一半的时候，我遇见了一个人。

他骑着高头大马，看上去气宇轩昂，左右也都是带刀侍卫，应该是个很了不得的人物。他骑马绕着我走了两圈，问我："你叫什么名字？"

"韩蛮子。"

"嗯，名字丑了点儿。我先问你，我手边缺个侍奉的，你愿意侍奉我吗？"

我扭头看了一眼我阿爷，但还没等阿爷说话，我就重重地点了头："我愿意！"

我想，我要是侍奉他了，我是不是也有刀了，是不是也有机会上战场杀敌了？

那该死的侯景，害我们背井离乡，我只恨他没死在我的刀下！

后来我才知道，那人是吴兴太守陈蒨，他叔叔陈霸先权势正盛，就算是我这无名小卒也是知道的。

那年我16岁，很多人说，陈蒨看上我了，因为我梳着两个小辫儿，长得好看，像个女人，他是想把我带回去当男宠。

而事实是，陈蒨只是我的主公，是我誓死效忠的人。

主公给我改了名字，16岁之前，我是韩蛮子，16岁之后，我是韩子高。我喜欢我的新名字，也喜欢我的新工作。

我的新工作就是给主公端盘子送酒食。以前编草鞋时，阿爷夸我又勤快手脚又麻利，特别有眼力见儿。到了太守府，我更是一时片刻也不敢懈怠马虎。无论什么时候主公喊我了，我一准儿都在。

开始时，我也怕他。他性子急，脾气暴，一天总要发点儿脾气，我是大气也不敢出。但慢慢地，我摸清了他的脾气性子，倒也应付得来。

我只想着，哪天，他愿意和我说说话，我就求他让我学习骑马射箭，拿斧佩刀，有一天也能做个将帅。

没想到，我还没敢提，他就先说了："子高，你去学点儿武艺吧。在我身边，不会点儿武怎么行？"

人与人的相逢与相知就是这么奇怪。

本来，你们只是在各自的圈子里打转，像皇宫里的翠竹和山野间的小菊，谁也不认识谁。

但有一天，这两个你以为永远不会结识的人，竟是彼此最了解的人。你会明白他坏脾气下的恐慌，他也会明白你战战兢兢里的期许。

我很努力地学习，我不仅要学会，我还要学得好。万一哪天，主公遇到危险，我打不过别人怎么办？

我的努力、谨小慎微和忠心耿耿，主公都看在眼里。他最满意我的服侍，无论去哪儿都带着我。

他叔叔陈霸先讨伐王僧辩时，王僧辩的女婿杜龛拥兵很盛，来攻长城县（今浙江长兴）。我随主公去驻守长城县。

我方只有守军几百人，那杜龛派了五千精兵来袭。但主公谈笑自若，部署精湛，竟生生地在城内扛了四十几天，杜龛只得退兵。

后来，周文育带援兵来救，我又随他去攻打杜龛，并取得了胜利，逼得杜龛只得请降。

这两战，让主公名威俱振，我也佩服得五体投地，心里暗暗下定决心，我韩子高以命许之，一定要死心塌地地跟着主公，做个像他那样的英雄豪杰！

第二年，他叔叔又派他讨伐张彪。

张彪夜间偷袭城池，敌众我寡，我和他只得逃出城去。那时周文育也找不到我们，能带出来的兵也所剩无几。

形势危急，我自请缨去找周文育来救。我什么都不怕，就怕主公万一没了，我还可以跟谁？

我找到周文育的驻军之地，表明来意后，又连夜回去接主公和剩下的散兵一起悄悄地并入了周文育的大营。

第二天大战，张彪战败逃走。主公见我处乱不惊，生死不惧，便赏了一些兵马给我，从此，我也可以带兵了。

我，一个原本以为会编一生草鞋的男人，竟然也可以披坚挂帅，金戈铁马，建功立业。

我太珍惜这来之不易的改变命运的机会了。跟着主公出生入死的那几年，我勤奋练武，学习兵法，上战场从不退缩，无论何时都一马当先，贪生怕死不是我韩子高的做派，大丈夫就算战死沙场，也是死得其所！

主公看我勇猛，不仅给了我官职，给我带的兵也越来越多。我是吃过苦的人，知道下面的人也不容易，得了赏，总会分下去。从小跟着阿爷走南闯北，也识得人，忠奸善恶也辨得。若是主公需要人手，我也能推荐一二。

有一天，主公从梦中醒来，大声喊我："子高，子高，我做了一个梦。我梦见我骑马上山，山路陡峭危险，差点掉下山去，是你扶住了我才让我走了上去！"

那时主公的叔叔陈霸先已经做了皇帝，改元换代，建立了陈朝，就是陈武帝。

而主公的这个梦，倒是有了些别的意味。我也成了他最信赖的人之一。

武帝只在位两年便因病故去，他仅剩的儿子太子陈昌在北周做人质。

皇后娘娘秘不发丧，立当时已经是临川王的主公入宫继位。

主公万般请辞，皇后娘娘也有犹豫，是镇西将军侯安都鼎力支持主公登上大位。主公被推上皇位后，后世便称他陈文帝。

皇上登基后，便积极联络北周，送堂弟陈昌回朝，并说，等陈昌回来继承大统，他便去当个闲散王爷。

但侯安都说，哪有当了皇帝再下来的。侯安都便自请缨去接陈昌，陈昌却并没有回来。侯安都说陈昌在回程的路上溺水而死。

皇上心知肚明，没有追究。但那陈昌其实也并没有死，也许是皇上心善，不忍心叔叔这唯一的血脉就此断了，便悄悄让侯安都放走了那陈昌。

但为了巩固帝位，侯安都回来后，皇上还是亲出临哭，对陈昌追谥献，并予以厚葬。后世在《上虞祁山陈氏宗谱》中，却看到了陈昌的名字。

想来，陈霸先的血脉肯定也是留下了的。

皇上的弟弟陈顼也在北周做人质，皇上历时三年不惜割地把他接了回来。

皇上不知道，这弟弟陈顼以后却为了帝位杀了他所有最亲最近的人，包括我韩子高。

我不知道别的皇上是怎么当的，但我的主公在位期间，勤于听政，宵衣旰食，励精图治，整顿吏治，注重农桑，兴修水利，使得政治清明，百姓富裕，国势逐渐强盛。

我也被皇上重用，做了右军将军。随主公平定王琳叛乱后，又随侯安都去征讨留异。与留异之战，我单枪匹马冲入敌阵，不慎挨了一刀，发髻被削掉一半，脖子也被砍伤了。

即便如此，我也忍痛不退，以鼓舞士气。平定留异之乱后，皇上又命我去征讨晋安。平定晋安之乱后，得圣眷爱宠，我被加官晋爵，做了太守，晋了伯爵。

主公当了皇上后，我便常年在外征战，得见龙颜倒是不如我端茶倒水的时候多。但即便如此，皇上还是最信赖我，侯安都死后，满朝上下，我拥军最多。

我夙愿已达，功建了业也立了，但还时常会想起我们初遇的那一天，那是我生命中最重要的一天。

但皇上殚精竭虑，只在位七年，便因病驾崩。皇上驾崩时，太子陈伯宗才13岁。

皇上曾把弟弟陈顼叫到殿内，有意试探让他即位。但陈顼痛哭流涕，不断请辞。

太子便继位做了皇帝，由陈顼辅政。从此朝政大权落于陈顼之手，他甚至可以剑履上殿。

小皇帝陈伯宗没有政治才能，陈顼便开始杀托孤大臣刘师知、王暹等人。我手中兵权最重，难免被忌惮猜忌。我与到仲举商议如何取陈顼，以保陈伯宗的皇位。但那陈顼老谋深算，没等我出手，便对我大力封赏，我师出无名，只得暂时作罢。很快到仲举被罢官归乡，我知道我也命不久矣。

我只得请求出京去衡、广诸镇统兵，以远离是非之地，没想到却被骗去尚书省，直接下诏赐死。

我死后一年，我的小主公陈伯宗才在位两年，就被陈顼废掉做了临海王，没多久也死了。陈顼果然坐上了那大位。

我死得是很冤枉。只不过，古往今来，立过军功又手握兵权者，有几个能善终？

在我这三十年的生命里，有半生都在金戈铁马，征战沙场，算是做了我一直想做的事，能留名史册，也不负此生。

谁承想，只因正史里说我姿容太盛，主公对我爱宠，我死后快一千年，有个叫王世贞的写了个什么《艳异编》，把我编进了"男宠部"。

还有个叫王骥德的写了个什么《男王后》，胡编乱造，说什么：

> 只有汉董贤他曾将断袖骄卿相，却也不曾正位椒房。我（韩子高）如今受封册在嫔妃上，这裙钗职掌、千载姓名扬。

真真恶心。

还有个叫冯梦龙的写了个《情史》这样说：

> （陈蒨）曰："人言吾有帝王相。审尔，当册汝为后，但恐同姓致嫌耳。"
> 子高叩头曰："古有女主，当亦有男后。明公果垂异恩，奴亦何辞作吴孟子耶！"

忍不住要说脏话，"古有女主"？

那女主武则天是我死后一百多年才有的，我之前哪来的女主？

还有一千四百多年后，有人在建康发现了个陵墓，墓主人看起来颇为显贵，里面是两个男人手拉手合葬在一起。

有人看到说，哎哟喂，不会就是陈文帝和那个韩子高的陵墓吧？

我主公文帝比我早死一年多，皇上下葬后会立刻封墓，连皇后去世都得另起新坟。

谁家皇上的墓会一年后被挖开，再放个男人进去？何况是我这个被下诏赐死的罪臣？

我韩子高，在此严正声明，正史记载：

　　子高亦无爽于臣节者矣。

我不是，绝对不是男皇后！

王勃：见天地，觉宇宙

作为关陇集团的贵族，李渊在太原起兵仅一年就依靠关陇集团的力量建立了大唐。

自公元618年建国，李渊在位八年，二子李世民发动玄武门政变之后，自将皇位禅让。

之后就是万象更新，贞观之治。

李唐政权虽出于北朝，但自隋炀帝杨广起，文化体系却依托于南朝。南朝宫体诗辞藻靡丽浮艳，华而不实，毫无风骨。所以一开始，大唐也没出过什么好文章、好诗词，直到初唐四杰的相继出现，才给大唐诗文注入了一些不一样的东西，诗文的边界被拓宽了，向山川与自然、边塞与百姓、历史与人文延伸。

初唐四杰中年纪最大的是骆宾王。

这位愤怒的大才子，是个猛人，曾写过"鹅鹅鹅……"，算了大家都知道，曾写过"此地别燕丹，壮士发冲冠"，一直叫板武则天，还写过《讨武曌檄》，写完就隐姓埋名不见了，野史说他去灵隐寺做了和尚。

年纪第二大的是卢照邻。

卢照邻贵族出身，来自范阳卢氏，写过"得成比目何辞死，愿作鸳鸯不羡仙"，却一生未娶，在30岁左右染上风疾，手脚渐渐无用，即便拜孙思邈为师也不得治。

独自一人住在装修成墓室的房间里，40岁不堪病痛折磨，自投颍水而死。

杨炯和王勃同岁，出身弘农杨氏，祖上有个大聪明叫杨修。

人比较叛逆，对初唐四杰的排名非常不满，说"愧在卢前，耻居王后"。（咱也不知道他为什么要耻居王后。）

杨炯写过"宁为百夫长，胜作一书生"。

他是四杰中，唯一一个没有坐过牢的。

而我们今天的主角，就是年龄最小，却在初唐四杰中排名第一，被唐高宗大喊"奇才，奇才，我大唐之奇才"的男神——王勃。

王勃出身太原王氏，是实打实的贵族、书香门第。

他爷爷是大儒王通。

《三字经》中有："五子者，有荀扬。文中子，及老庄。"他爷爷就是那个文中子。

王勃从小就是那种"别人家的孩子"，6岁能写文作诗，年仅9岁就读了颜师古的《汉书注》，并撰写了10卷《指瑕》来指出颜师古的错处。

颜师古死了五年后，王勃才出生，若是当时还在世，一定气得吹胡子瞪眼，羞得老脸通红。

9岁的孩子能指出一个大儒、史学家的错处，这事儿说给谁听都觉得不像真的。可这就是真的。

到10岁，他已经饱览六经，贯通古今，儒学相关的东西能学的都学完了，能读的书也都读完了。

啧啧，这孩子得多聪明，起码一目十行，过目不忘，智商一百五的水平。

于是，王勃便有了第一个大粉丝，就是他父亲王福畤的朋友杜易简。

杜易简也是9岁能成文的神童，却对王勃甘拜下风，逢人就拿着王勃写的东西夸："看，这孩子老牛了，比我还牛！"

王勃一下就名扬文人圈儿。

书读得差不多了，11岁的王勃就跟随民间神医曹元去长安学医了。

曹元是方外高人，传说他收王勃为徒时，摸了摸这孩子的头说："无欲也。"

无欲即是自然，即是天成，即是与天下万物合一。

如此，无欲的王勃才能仅用两年时间便把曹元的毕生所学纳入己身，又通学《黄帝内经》《难经》，还有《周易》。

就是在长安学医期间，王勃结识了大他10岁的骆宾王和同岁的杨炯，又在两人的引荐下，结识了卢照邻。

14岁那年，王勃学成归家，并在家人的指导下开始去干谒了。

干谒就是到处给当官的行卷，送文章，问人家能不能推举自己也做个官之类的。

虽然隋唐时期已经开启了科举制度，但唐朝的科举考试目类繁杂，且成绩只占一半的作用，另一半还是得有得力的人推举。

王勃就先干谒，再去参加科举。

王勃曾经给当朝宰相刘祥道写信，即《上刘右相书》，竟然讨论了一番王师数年征讨高句丽这件事：

> 图得而不图失，知利而不知害。移手足之病，成腹心之疾。征税屈于东西，威信塞于表里。

他又言："源洁则流清，形端则影直。"

又言："嵩衡不拒细壤，故能崇其峻；江海不让纤流，所以存其广。"

15岁啊，不仅文章绝妙，还有胆识提出自己的政见。刘祥道读完赞他："英雄少年，国之祥瑞。"之后便上疏举荐王勃，正是此举让王勃名满天下。

即便有了推举，但王勃未及弱冠，还是没资格参加科考。

他的另一个叫皇甫常伯的粉丝说："你来长安，我给你想办法。"

于是，刚刚去江南玩过一圈的王勃便去了长安。

当时乾元殿刚改造完成，王勃便在皇甫常伯的建议下，远远参观了一番，并写了一篇《乾元殿颂》。就是这篇文章，让高宗李治看完大呼："奇才，奇才，我大唐之奇才！"

武则天也很喜欢王勃，干脆给他开了后门，让他去参加幽素科的考试。

幽素科算是特殊人才选拔，含金量和"秀才""进士"科自然是没法比。但毕竟王勃年纪小，想早早入仕，只能走这条路了。而当时年少的他并不知道，这条路其实并不适合他。

王勃17岁，幽素科及第，当官儿了，被授朝散郎。

朝散郎是个闲职，王勃度过了意气风发又快乐的一年。沛王李贤读过王勃的文章后很喜欢他，就跟父皇、母后申请让王勃去他家做个修撰。

王勃很快就完成了工作，还附赠新文《平台秘略论十首》。写完了要回去了，但李贤不舍得他走，就又求父皇母后让王勃去做他的侍读。

据传，李治和武则天把王勃宣进大殿，对他进行面试。毫无悬念，王勃用才华征服了所有人。

王勃做侍读期间，他的一个姓杜、官职为少府的朋友要去蜀州（今四川崇州）上任，王勃去送他，便写了那首名扬千古的《送杜少府之任蜀州》：

城阙辅三秦，风烟望五津。

与君离别意，同是宦游人。

海内存知己，天涯若比邻。

无为在歧路，儿女共沾巾。

这首诗很特别，很高级。

高级在它一洗往日送别诗的那种悲伤忧苦，清新高远、意境旷达。朋友啊朋友，虽然你离开长安去蜀州，但我也是离开我老家龙门来的长安，我们都是天涯游子啊。

即便我们天各一方，但头顶的是同一轮明月，无论海内天涯，我们只要心里还记挂着对方，都像是在彼此身边一样。

不要那么儿女情长哭哭啼啼了，天高路远，您还是快走吧，拜拜了您！

可见，这个时候的王勃是非常豁达且春风得意的。

但命运这个东西有一张翻云覆雨的手，这手会在你毫无准备的时候，给你准备一个你想都想不到的"大礼"。

从曹魏时期开始，斗鸡游戏就盛行。

曹植曾写"斗鸡东郊道，走马长楸间"。沛王李贤和英王李显也喜欢斗鸡，两人各斥巨资买下雄鸡要一决胜负。

这俩小孩，不过都是十一二岁的小朋友，比王勃还小五六岁。三个孩子都正值青春期，血气方刚，荷尔蒙和肾上腺素分泌过剩。

在李贤的示意下，王勃写了一篇《檄英王鸡》的文章，来鼓舞自家，打击对家。

沛王和英王都很喜欢这篇文章，觉得写得特别好，很有趣。

这本来就是小孩子间的游戏之作，却不知怎的，被有心人抄送给了高宗李治。

王勃年纪小，政治觉悟不够敏感，也不懂帝王之心、帝王之惧。

只因一句"两雄不堪并立",就让高宗大发雷霆。

前有玄武门之变,后有兄弟阋墙,李治作为李世民的第九子,如何登上的皇位,他午夜梦回之时,估计还心有余悸。所以,他最怕的就是自己的儿子们也步入先人后尘。

就这样,天之骄子王勃被赶出了沛王府,不,被赶出了长安,从此无官一身轻了。

王勃午夜梦回估计也还会困惑:"我干吗了啊?"

带着困惑,王勃只得离开长安,开始了他游山玩水的日子。

王勃去往蜀州,原本是想去找杜少府玩,但杜少府已经离任他调了,当时卢照邻在蜀州,两人一起玩了好几天。

三年间,王勃走遍蜀地,直至盘缠用完。也是在此期间,王勃开始学习佛法,写了《释迦如来成道记》和《释迦佛赋》,如此儒、道、佛都涉猎颇深。

王勃玩了三年,若是一直这样写诗作文,寄情于山水之间,小日子倒也挺好。

但高宗很快下诏典选,王勃便又回到长安去应试。虽然初试过了,但王勃故意缺席了复试。因为当时的复试官是军功赫赫的大将裴行俭。

《旧唐书》里有记载,裴行俭做礼部侍郎期间,曾经见过王勃:

　　李敬玄尤重杨炯、卢照邻、骆宾王与勃等四人,必当显贵。行俭曰:"士之致远,先器识而后文艺。勃等虽有文才,而浮躁浅露,岂享爵禄之器耶!杨子沉静,应至令长,余得令终为幸。"

王勃心高气傲，听说后自然不想再去裴行俭那里找不痛快了。

不过，王勃还是很快就谋到了新的官职。他的好友凌季友当时为虢州（今河南灵宝）司法，说虢州，药物丰富，而王勃知医识药，便为他在虢州谋得一个参军之职。

王勃去虢州的时候，凌季友却调任了。

王勃在无背景无旧识的虢州经历很不愉快。

后来的杀死官奴曹达事件，到底是如何发生的，是不是被奸人所诱害，已经无人得知。

《新唐书》只有短短一句记载：

> 倚才陵藉，为僚吏共嫉。官奴曹达抵罪，匿勃所，惧事泄，辄杀之。

官奴曹达是被追拿的朝廷要犯，不知为何王勃会救他又把他藏匿家中。据说这曹达是王勃的师傅曹元的远房亲戚，但不可考。

王勃当年才二十来岁，社会经验不足，许是被曹达所求于心不忍，只好同意让他藏在自己家里。但那曹达是不是又有别的动机，或是此事泄露被别人胁迫，抑或是被嫉恨他的同僚陷害也未可知。先是于心不忍，又怕祸及己身，无论怎样，年轻的王勃做了错误的选择。

后来东窗事发，王勃被速定死罪，按律当斩。

他的父亲王福畤受他牵连也被贬官至交趾做令。交趾即如今的越南，山水迢迢，何止千里。可想而知，一心向孝的王勃内心是何等愧疚、凄怆，这成长的代价太大、太大。

也许就是在那牢狱里，面临过了生死的交会，体会了对父亲无尽的愧疚，那毕生所学才一字一句地化进了他的身体，让他终于明白，在宇宙之间，人有多么渺小，他有多么渺小。

大概是上天也不忍让王勃就此死掉，恰逢武则天大赦天下，王勃免了一死。

他出狱后就回了老家龙门，修心治学，完成祖父王通未完成的著述。之后，他决定前往千里之外的交趾，去看望他的父亲。

就是在去交趾的路上，王勃途经洪都（旧日的豫章，今日的南昌），登上了滕王阁，写下了千古第一骈文《秋日登洪府滕王阁饯别序》，即我们日后所熟知的《滕王阁序》。

这篇文章全篇采用对偶式，平仄对照，不仅一句一典，金句频出，还贡献了至少40个我们至今都耳熟能详的成语。

> 物华天宝，龙光射牛斗之墟；人杰地灵，徐孺下陈蕃之榻。雄州雾列，俊采星驰……潦水尽而寒潭清，烟光凝而暮山紫……落霞与孤鹜齐飞，秋水共长天一色。渔舟唱晚，响穷彭蠡之滨；雁阵惊寒，声断衡阳之浦……天高地迥，觉宇宙之无穷；兴尽悲来，识盈虚之有数……关山难越，谁悲失路之人？萍水相逢，尽是他乡之客……冯唐易老，李广难封……老当益壮，宁移白首之心？穷且益坚，不坠青云之志……

年轻的王勃站在滕王阁上，望着长江秋水，看着落日归鸿，想起自己二十六年生命的点点滴滴，那些恣意春风，那些惭愧悲鸣，还有未竟的壮志、即将到来的明天，一篇773字的千古绝唱便蓬勃奔泻而出。

这并非王勃第一次提出宇宙的字眼。在他的《三月上巳祓禊序》里也有一句：

观夫天下四方，以宇宙为城池；人生百年，用林泉为窟宅。

在那样一个时代，一个年轻人见过了天地，觉察了宇宙，体验了兴悲，对生命有了不同常人的感悟，这是何等的智慧！

王勃以文惊艳四座后离开去了交趾，却在从交趾回来的南海船上落水，之后不幸身亡，年仅27岁。

高宗李治也看到了那篇《滕王阁序》，四下问左右：

"王勃他现在何处？"

"王勃啊，他已经死了。"

高宗扼腕连叹三声："可惜！可惜！可惜！"

觉得可惜的何止是高宗，王勃的英年早逝，是全天下人的可惜！若他能多活几十年，那大唐的诗文是不是能达到另一个高度？

王勃死后，那位虽说了"耻居王后"却与王勃关系最亲厚的初唐四杰之一杨炯，把他的文字整理成《王子安集》，并写了一篇《王勃集序》纪念他："君之生也，含章是托……"

君之生也，流星过境，划破了初唐诗文的长夜，迎来了大唐盛世的黎明，接着就是万朝来仪，群星闪耀，光灿千古。

可惜，可惜，可惜，君看不到了。

王维：
以禅渡岸

　　武则天死后，李隆基通过唐隆、先天两次政变，坐稳了皇位，又拜姚崇为相，励精图治，才开启了开元盛世。

　　自此，大唐最好的时候来了。

　　玄宗李隆基在位前期，除了是位好皇帝，还一不小心成了梨园子弟的祖师爷。

　　他本人很有音乐天赋，曾作《霓裳羽衣曲》，又因为喜欢音乐，在皇宫里设置了教坊，曾亲自坐镇教习，李隆基的教坊就是后世"梨园"的由来。而大唐乐圣李龟年就是备受玄宗宠爱的梨园子弟。

　　可能热爱文艺是李氏皇族的家族基因，李隆基的四弟岐王李范、九妹玉真公主李持盈都是妥妥的文艺青年。

李范不拘身份，看谁善辞赋、精音律、有才华，都会主动结交，颇有"孟尝"之范。

李范几乎结交了盛唐我们耳熟能详的所有的诗人，岐王府宅也就成了文艺青年的聚集地，也就有了杜甫的《江南逢李龟年》，以及那句"岐王宅里寻常见"的流传千古。

玉真公主李持盈是玄宗的同胞妹妹，备受宠爱，常向玄宗推荐人才并被录用，因此成了想入仕为官的年轻文人们的重点干谒行卷对象。

就是如此见惯了各种风姿才情的岐王和玉真公主，却被同一个年轻人迷住了。

这个年轻人"妙年洁白，风姿都美"，音乐和美术的造诣极高，是盛唐诗人中颜值最高的一个，这个人就是我们今天的主角——王维。

公元701年，王维出生在今天的山西运城。

他的父亲出身于河东王氏，母亲则属于博陵崔氏，妥妥的豪门望族，书香门第。另一个大诗人，"绣口一吐就是半个盛唐"的李白，也在同年出生。

王维的母亲崔氏，是禅宗北宗普寂禅师的俗家弟子，年轻时便带发修行，一生"褐衣蔬食，持戒安禅"。

王维名维，字摩诘，连起来读就是维摩诘，意思是洁净的无垢的。而维摩诘就是大乘佛教最著名的在家菩萨。

王维作为崔氏的第一个孩子，被母亲寄予了她所追求并相信的最诚挚的期盼。

王维的四个弟弟两个妹妹，名字大概都是父亲取的，并没有王维的那么有禅意。二弟王缙字夏卿，两人关系最好。

王维家族不仅是书香传家，还是音乐世家。

祖父王胄，曾被誉为"天下第一琵琶"，官至协律郎，是大唐宫廷的首席乐师。

母亲善于作画，父亲亲授诗文，祖父擅长乐器的高徒也来教授乐器，可以想象，王维从小是被什么样的家庭环境所熏陶的。

更何况王维又天资极高，这也就解释了为什么他音、画、诗样样都那么出类拔萃了。

王维"九岁知属辞，与弟缙齐名，资孝友"。9岁便名满乡里，众人皆赞。但也就是9岁这年，王维的父亲王处廉因病去世了。

少年丧父，让作为长子的小小少年一夕忽长，渐渐明白了担当的含义。

父亲去世后一年，母亲便带着王维兄妹七人，搬回了娘家所在的蒲州。虽然出身世家，但毕竟孤儿寡母，生活艰辛，看遍世情冷暖。

王维的母亲不得不每天刺绣拿出来卖，王维也摆摊卖画，弟弟王缙则帮人写信写文章来赚钱。也就是在蒲州的这几年，王维结识了他青梅竹马的表妹崔氏。

到了15岁那一年，王维和弟弟王缙便西上长安，为出仕谋略了。

少年王维和王缙骑着驴子，一路上满怀的是少年的豪情，以为在长安等着自己的便是大好的前程。

殊不知，所有的意气风发都是要被命运磋磨的，向上攀登的滋味也并不是好受的。

王维在长安的那几年，拜会王氏、崔氏亲族，结交了一批鲜衣怒马的少年郎。

他写了一首《少年行》：

> 新丰美酒斗十千，咸阳游侠多少年。
>
> 相逢意气为君饮，系马高楼垂柳边。

这是王维最少年的一首诗了。十几岁的翩翩少年，结识了一群意气相投的朋友，每天骑马、饮宴、遥畅未来、互托理想，真是太美好的画面。王维后来还写了一首《观猎》："回看射雕处，千里暮云平。"苍劲霸气，少年想要建功立业的决心尽在其中。

作为豪门望族子弟，王维所结识的自然也都是豪门望族的公子们，所以他见识了太多朱门内的豪奢放逸。

后来，王维又写了一首《洛阳女儿行》：

> 良人玉勒乘骢马，侍女金盘脍鲤鱼。
>
> ……
>
> 狂夫富贵在青春，意气骄奢剧季伦。
>
> ……
>
> 谁怜越女颜如玉，贫贱江头自浣纱。

这首诗一共10联，前面9联都在写洛阳的姑娘过着多么奢侈无聊的生活，最后一句写同样漂亮的江南女孩却因为出身贫贱，只能每天在江头浣纱。

可见王维虽然自己出身高贵，生活在豪奢权贵们的身边，但他对平民同样心怀怜悯和同情。

在长安期间，王维作了很多诗，画了不少画，弹了不少琵琶，结识了很多达官贵人。但这并没有为他打开入仕之路。

寄人篱下的日子让王维无限地思念着华山以东的家乡，17岁那年的重阳节他写下了《九月九日忆山东兄弟》："遥知兄弟登高处，遍插茱萸少一人。"

19岁那年，他参加了京兆府试，并拿了头筹解元。

考试完，王维开始积极干谒行卷，希望能找到一个举荐他的重量级的人物。于是，他拜会了岐王李范。

岐王被他的颜值、才学惊艳，当即答应作为他的举荐人。恰巧，学道的玉真公主从道观回了长安，而玉真公主显然是比李范更好的举荐人，于是李范便筹谋了一番，把王维推荐给了玉真公主。

玉真公主与王维初见的那一面，高挑英俊的王维身穿岐王为他准备的一身洁白雅致的新衣，坐在乐师中间，独奏了一曲自己创作的《郁轮袍》琵琶曲，举座皆叹。

玉真公主更是目不转睛，几乎失神。李范又适时地送上王维作的诗词，玉真公主读了又是大惊："这些诗词，坊间都在传诵，我以为是古人写的，没想到竟然是他！"

玉真公主当即就决定举荐王维，才不管之前已经答应举荐张九皋的事儿了。

《郁轮袍》开始在长安流行，王维完成了一场成功的自我营销。

高适、李白、孟浩然、杜甫等我们耳熟能详的大诗人们都曾经试图通过行卷玉真公主入仕，但除了王维和李白，他们都失败了。

至此，王维成为京圈儿红人。

《新唐书》有云：

　　名盛于开元、天宝间，豪英贵人虚左以迎，宁、薛诸王待若师友。

但王维并没有徜徉于豪门贵族的社交圈，而是积极备战科举考试，并在开元九年（721年）成功摘得状元头衔，被授官职太乐丞。

就是做太乐丞期间，王维和李龟年结下了深厚的友谊。

怎么来形容李龟年和王维的关系呢，大概就像现在的周杰伦和方文山，一个作曲吟唱，一个填词。

二人互为知己，简直就是"天作之合"，李龟年唱火了王维的很多诗词，最著名的几首就是《送元二使安西》、《相思》（即《江上赠李龟年》）、《伊州歌》，等等。

只可惜王维的这太乐丞才做了几个月便出了一件大事。

岐王在家设宴，让王维把他所管的御用乐团带去表演。

酒过三巡之后，岐王头脑一热，竟然让乐团给宾客表演黄狮子舞。

黄狮子舞重点在一个黄字，"黄狮子者，非一人不舞也"，是只有皇上才能看的。王维作为太乐丞，自然知晓其中利害，但因岐王对他有恩，他不知如何推托，便睁一只眼闭一只眼，由着底下的人去表演了。

玄宗得知后大怒，这一演把王维演去千里之外的济州（今山东聊城）做司仓参军了。好好的京官儿，就这么没了。

弹琵琶、写诗、泼墨的手要去仓库点物料了。

很难想象才21岁的王维要以怎样的一种心态接受这一切，但他还是很快调整自己并踏上了去济州的路，并在济州一待就是五年。

像是被时光忘记了的那五年间，我们所能了解到的王维，除了和上司裴耀卿一起抵御住了黄河的洪灾，就是那几句："君自故乡来，应知故乡事。来日绮窗前，寒梅著花未？"

王维从小便习得一种节制含蓄的优雅，不激动，不偏激，不怒且不伤。情绪从他的身体上流过，就只是流过。

这种温柔与敦厚，让他在诗文中化成一种"我就不直接说"的表达。对比他少年时作的《九月九日忆山东兄弟》，这首《杂诗三首·其二》显然更高级，没有一个字说想家，却字字都在想家。

王维习画所领悟的"白描"手法就这样也放在了诗歌的创作中，不作过多表达，却给人留下无限的想象空间。这真的，太高级了。

被遗忘的日子不好过，王维坚持了五年，决定辞官回家。

这时弟弟王缙已经考中进士做了官，并把家人都接到了长安。王维回到长安，与家人待了一些时日，然后就接受了好友房琯的邀请到他所在的卫县谋差事去了。就是在卫县，王维与高适结识，还找回了青梅竹马的表妹崔氏。

之后，王维与崔氏结婚了。两人应是琴瑟和鸣，恩爱异常。可天妒英才，总是要给他过多的磋磨，王维31岁那年，崔氏死于难产，一尸两命。

王维一生并没有为妻子写过一首诗，只是《新唐书》中说他："丧妻不娶，孤居三十年。"

我所知晓的其他唐代诗人中，只有杜甫一生只娶一人，携手白头。欧丽娟老师说，李白对待感情是强烈而短暂，杜甫对待感情是深厚，李商隐是陷溺在缠绵悱恻里的执着，只有王维，却是真正的深情。

王维虽然从未给妻子写过诗，但他之后的每一首诗，都好像是与妻子同作。

"人闲桂花落，夜静春山空。"你不在我身边，世界好安静好安静，只余心里的桂花连同思念一起扑簌簌地落给你听。

"兴来每独往，胜事空自知。"如果你还在我身边，我就不用独来独往，胜事抑或败事也都可以说与你听了吧。

王维一生参禅，对功名利禄并无执念。

只是人生漠漠，无妻无子，该如何了却这一生呢？像陶渊明那样隐居吗？

王维隐居过一段时间，遍身才学不过是徒对四壁。他也并不赞成陶渊明的绝对避世，有诗为证："陶潜任天真，其性颇耽酒。自从弃官来，家贫不能有。"

而禅宗也提倡积极入世，"随所住处，恒安乐"，任运随缘。王维作为家中长子，老母尚在，家贫是断然不行的。

王维既要入仕，也要修行，官场也是道场，心有菩提，红尘中也皆有禅意。这就是被后世白居易所推崇的"中隐"了。

34岁那年，王维给时任中书令的张九龄写了一首干谒诗《上张令公》，接着拜会了这个能识他用他的真正的伯乐。

两人一见如故，结成忘年之交。张九龄也是满腹才学的大诗人，我们耳熟能详的"海上生明月，天涯共此时"就是出自他手。

张九龄是"开元之世清贞任宰相"的三杰之一，不仅是一代贤相，还善于识人。

同年，在330斤的偷羊贼安禄山初次被押送长安的时候，张九龄就上奏说："安禄山狼子野心，面有谋反之相，请求皇上根据他的罪行杀掉他，断绝后患。"

遗憾的是玄宗不仅放了安禄山，还认了这个干儿子。后来安史之乱，果然一语成谶。在张九龄离朝后，玄宗却想起他的好，每每有人推荐人才入相，都会问："风度得如九龄否？"

至此，王维开启了他事业的新起点：右拾遗，算是能经常见到皇上的人了。张九龄还介绍他认识了王昌龄。

当时至交好友孟浩然在张九龄帐下做幕僚，老友重逢，分外珍惜，王维甚至带着孟浩然去上班。

《新唐书》有云：

> 维私邀入内署，俄而玄宗至，浩然匿床下，维以实对，帝喜曰："朕闻其人而未见也，何惧而匿？"诏浩然出。帝问其诗，浩然再拜，自诵所为，至"不才明主弃"之句，帝曰："卿不求仕，而朕未尝弃卿，奈何诬我？"因放还。

孟浩然一生潇洒，王士源在他的《孟浩然集序》中形容他："骨貌淑清，风神散朗。"

王维也曾给孟浩然画像，张泊看过后世临摹版本说：

> 襄阳之状颀而长，峭而瘦，衣白袍，靴帽重戴，乘款段马，一童总角，提书笈负琴而从，风仪落落，凛然如生。

孟浩然应该是个大帅哥。

连李白都赞："吾爱孟夫子，风流天下闻。"谁料在见皇帝的关键时刻，大帅哥竟然吓得躲到床下，在玄宗示好的时候，却吟诵了那句不合时宜的"不才明主弃"，惹得玄宗不开心，从此断了仕途。后来孟浩然回到老家襄阳，归隐田园。

孟浩然52岁那年，因为王昌龄拜会贪酒导致背后毒疮复发，一命呜呼。

王维伤心不已，写了一首《哭孟浩然》：

> 故人不可见，汉水日东流。
> 借问襄阳老，江山空蔡州。

张九龄还在朝堂的时候，王维对朝局是积极、充满希望，也不遗余力的。但遗憾的是，口蜜腹剑的奸相李林甫上位，把持朝政十九年，张九龄被排挤出核心权力圈，被贬为荆州长史。

张九龄走后，王维也想辞官，但张九龄说："你占住一个位置，朝局中就少了一个庸人。"

王维听从了张九龄的话，没有再生辞官的念头了。

后来他写了一首《寄荆州张丞相》："举世无相识，终身思旧恩。"

你走后，朝堂上我再没有一个知己了，你对我的恩情，我却一日不能忘记。

李林甫上台自然也要整治张九龄的人。王维在长安只待了一年，就被发配去凉州（今甘肃武威）做河西节度幕僚。

就是在去凉州的路上，王维作了《使至塞上》："大漠孤烟直，长河落日圆。"烟气袅袅，明明曲折，可在万里荒漠远远看上去竟是直的，长河（黄河）浩渺一望无际，却在那河的尽头看见一轮硕大的落日。这就是王维诗作特有的"诗中有画"了。

王维从小学画，书画皆上品，年轻的时候和吴道子切磋过画艺，宋代很多文人都觉得王维的画作不在吴道子之下。后世苏东坡赞他：

吴生（道子）虽妙绝，犹以画工论。摩诘得之于象外，有如仙翮谢笼樊。吾观二子皆神俊，又于维也敛衽无间言。

苏轼对王维佩服得五体投地。明代的董其昌在《画旨》中，把王维尊为中国山水画的"南宗鼻祖"。

接下来的那几年，王维因公务到全国各地出差，直至天宝元年（742年）才回到长安安顿下来。

说来那段时间，谪仙人李白也在京城做官。两人都是名满天下的大诗人，却几乎没有交集。

坊间传闻王维和李白与玉真公主是三角关系，李白喜欢玉真公主，玉真公主喜欢王维。

李白写《独坐敬亭山》："相看两不厌，只有敬亭山。"坊间传闻，玉真公主就在敬亭山修道。李白并非在看敬亭山，而是在看玉真公主。

这个……咱也不知道，咱也不好说。

李白张扬恣意狂傲孤高，王维娴静自持云淡风轻，两人出身、性格、处事风格连同人生志向已是天差地别。

两人有高适、孟浩然、杜甫等共同的朋友，必定都识得对方，也一定在某些场合见过面，却并没有成为朋友，不管有没有三角关系，终究还是道不同不相为谋吧。

武则天时期，宋之问曾经在长安东南蓝田县辋川盖了一座蓝田山庄。宋之问诗作得不错，但人品有待商榷。因一句"年年岁岁花相似，岁岁年年人不同"杀了外甥这事儿，权当讹说。但他谄媚于武则天男宠张易之、张昌宗，却是不争的事实。

玄宗登基后，宋之问被赐死在桂林，他的蓝田山庄便被低价抛售，只不过一直无人问津，直到宋之问死后三十年，蓝田山庄才被王维买下，并重新改建成古今第一别墅：辋川别业。

"终南之秀钟蓝田，茁其英者为辋川。"辋川是秦岭北麓一条风光秀丽的川道，有峰峦，有溪水，景色颇为宜人，今日我们测算的遗址全长就有12公里。

王维作为音、画、诗俱佳的艺术家，根据地势建造了这座居所，亭台楼榭掩映在群山绿水之间，既古朴又端庄，更像是个精致的园林。王维因地制宜，精心打造了20个景点：

孟城坳、华子冈、文杏馆、斤竹岭、鹿柴、木兰柴、茱萸沜、宫槐陌、临湖亭、南垞、欹湖、柳浪、栾家濑、金屑泉、白石滩、北垞、竹里馆、辛夷坞、漆园、椒园。

王维和好友裴迪，常常在这里散步，谈心，步仄径，临清流，并各自以这20个景点为题，写了20首诗，作诗集《辋川集》。

王维建造辋川别业的初衷是，为供"志求寂静"的母亲用以修行静养，于"蓝田县营山居一所"。但辋川也成了王维最珍爱的居所，这一居一人，竟是互相成就的关系。

王维的山水田园诗大多是在辋川所作，最好的画作也是在辋川画就的。那幅《辋川图》给后世的文人留下了太多的遐思和想象，辋川成了千百年来文人墨客的桃源圣地和精神花园。

遗憾的是王维的《辋川图》并没有存世版本了，现在我们能看到的，大英博物馆存有的那一幅是元代赵孟頫的《摹王维辋川诸胜图》，纽约大都会博物馆的那一幅是清代的王原祁临摹的。

王维在辋川别业诗意地栖居。

在《竹里馆》坐："独坐幽篁里，弹琴复长啸。"

在《辛夷坞》看："木末芙蓉花，山中发红萼。"

在《孟城坳》问："来者复为谁，空悲昔人有。"

在《华子冈》赏："日落松风起，还家草露晞。"

在《文杏馆》叹："不知栋里云，去作人间雨。"

在《南垞》望："隔浦望人家，遥遥不相识。"

在《宫槐陌》行："仄径荫宫槐，幽阴多绿苔。"

在《鹿柴》感："空山不见人，但闻人语响。"

《鹿柴》已经是小学生必背古诗。《积雨辋川庄作》里的一句"漠漠水田飞白鹭，阴阴夏木啭黄鹂"让我们不仅读到了诗，还看到了有立体层次的画面，听到了婉转的鸟鸣。

《终南别业》里的那一句"行到水穷处，坐看云起时"，几乎就是王维一生的写照，那么超脱那么勇敢，即便知道无人等候，可仍在攀越山丘；即便行到水穷处也不必慌张，不如坐下来看云卷云舒，等峰回路转。

王维把在辋川诗意栖居的日子过成了禅，禅就在他每日的自然之间，美也在，诗也在，孤独也在。

如果日子就这样平平淡淡地流走，该有多好，可安史之乱来了。先不说安禄山是不是杨国忠逼反的，但这一乱长达七年，盛唐由此转衰，再也不现河清海晏。

除了高适跟随哥舒翰对抗叛军建功立业拜将封侯，其他的文人们基本都饱受其害。李白抗击安禄山却追随错了永王被发配夜郎，杜甫因此坎坷流离潦倒半生，王昌龄因战乱回老家接母亲被妒贤的闾丘晓杀害，而王维，莫名做了安禄山的"伪官"，差点儿被赐死。

天宝十四年（755年）十一月，安禄山反，第二年大军攻陷潼关入长安。玄宗带着贵妃从延秋门出逃前往蜀地，行至马嵬驿，杨国忠和贵妃被赐死。而留在长安的朝臣们，包括王维都被俘成囚。

杜甫也被俘，因他当时没什么名气，所以被释放了。但王维诗名太大，安禄山想收为己用，命人把他押送到洛阳，囚禁在菩提寺，硬生生地塞给他一个给事中的伪职。

王维服用了哑药和泻药，闭口不言，有洁癖的他忍受着终日与便溺为伍的境遇，以此反抗。

当时，安禄山在东都洛阳的神都苑凝碧池宴请群臣。

《明皇杂录》记载：

> 安禄山尤致意乐工，求访颇切，于旬日获梨园弟子数百人。群贼因相与大会于凝碧池，宴伪官数十人，大陈御库珍宝，罗于前后。乐既作，梨园旧人不觉嘘唏，相对泣下，群逆皆露刃以胁之，言有泪者当斩，而悲不能已。有乐工雷海清者，怒而投乐器于地，西向恸哭。逆党乃缚海清于戏马殿，支解以示众，闻者莫不伤痛。

乐师雷海清宁死不屈被安禄山肢解的消息，传到仍被囚禁在菩提寺的王维那里，王维悲愤难当，写了一首《凝碧池》来纪念雷海清：

> 万户伤心生野烟，百僚何日更朝天。
>
> 秋槐叶落空宫里，凝碧池头奏管弦。

玄宗西逃后，太子李亨在灵武自行即位，改年号为至德，是为唐肃宗。

至德二年（757年），安禄山被其子安庆绪所杀。同年，肃宗借兵回纥，拜郭子仪为将收复长安、洛阳。王维作为"伪官"也被收入狱中，按律当死。

王维的弟弟王缙协助名将李光弼平乱有功，上疏愿自削籍只求换哥哥一命。而那首忧愤之下写成的《凝碧池》成了王维的救命稻草。

原来，那首诗早已海内传唱，肃宗听过也叹过，王维一心向李唐的决心就在那首诗中得以体现，王维终被赦免，降为太子中允。

"伪官"事件成为王维身上唯一的污点，很多文人都耻笑他为什么不能像雷海清那样以死明志。可是，死难道不是最简单的事吗？

在那样的情况下，能矢志不渝地活下去才是艰难且可贵的。更何况从至德元年六月到至德二年四月，王维都在被囚禁中，他并没有做过安禄山"燕国"的伪官，一天也没有。

就在王维被囚期间，他一生的至交好友李龟年在湘中采访使举行的一次宴会上，凄凉地唱了两首曲子。

第一首是王维的《相思》：

> 红豆生南国，春来发几枝。
>
> 愿君多采撷，此物最相思。

李龟年边唱边流泪，满座宾客也无不慨然，衣衫尽湿。

第二首是王维的《伊州歌》：

> 清风明月苦相思，荡子从戎十载余。
>
> 征人去日殷勤嘱，归雁来时数附书。

李龟年唱罢，便晕死过去，过了四天才转醒过来。

王维因一首诗免罪，算是非常幸运。之后，他在朝堂的官职越做越大，直至右丞。

晚年，他独自住在辋川。
《旧唐书》云：

> 居常蔬食，不茹荤血，晚年长斋，不衣文彩。……斋中
> 无所有，唯茶铛、药臼、经案、绳床而已。

之后王维上疏《请施庄为寺表》，把辋川别业捐出去做了寺庙，他的工资也没有留下，捐出来作为周济穷苦、布施粥饭之用。

他相信仁德博厚可以感动天地万物，宇宙苍生可以各得其所，相敬相和。

61岁那年，王维又上疏《责躬荐弟表》，希望脱去官服，以换取外放的弟弟王缙回朝。

弟弟因救他而被外放，王维说自己痛心疾首，以日为年。可见兄弟情深。王缙终归长安，官至宰相。

两个月后，王维写完给众亲友的信后，安然故去，葬在辋川之侧。

至此，王维终于不负其名维摩诘，干干净净地生，干干净净地死，干干净净地渡到了他的彼岸。

白居易：长安居不易

安史之乱之后，肃宗不信任文臣武将，让李唐家奴宦官鱼朝恩代掌郭子仪兵权，宦官逐渐成为大唐王朝最有权势的利益集团。

宦官掌兵只能把持中央，而各地藩镇渐渐自成体系，不服不朝，节度使叛乱此起彼伏。至此藩镇割据长达六十年，直到唐宪宗时期才实现了短暂的元和中兴。

大诗人刘禹锡因此高兴异常，写下了一句："忽惊元和十二载，重见天宝承平时。"

但这中兴只存在了三年，至元和十五年，宪宗李纯笃信方士乱吃丹药，身体渐渐被搞坏。

宦官内部吐突承璀废太子派和王守澄太子派争势，以王守澄手下内常侍陈弘志弑君结束。

李纯被弑逆驾崩，元和中兴戛然而止。太子李恒顺利上位，吐突承璀旋即被杀，刚刚归顺的河北藩镇立刻复叛，一切努力化为了泡影。

这就是中晚唐时期的李唐政局，藩镇割据和宦官专权，成为无法割去的两大毒瘤。

公元772年，白居易出生于河南新郑"世敦儒业"的小官宦世家。那一年出生的还有刘禹锡、崔护和李绅。

往前数四年，韩愈出生。往后数一年，柳宗元出生。再六年，元稹出生。中唐诗坛的代表人物便集结得差不多了。

白居易的父亲白季庚41岁那年娶了他姐姐的女儿，也就是他年仅15岁的外甥女。

虽然不确定两人是否有血缘关系，但到底辈分复杂又老夫少妻，终究让白居易的母亲陈氏"因忧愤发狂"，患了"心疾"——大致像现在的抑郁症或是间歇性精神分裂症。白居易行二，有个哥哥，又有个弟弟。

白居易的童年时光，是在战乱中度过的。

当时河南藩镇势力李正己割据河南十多州，战火所到之处民不聊生，白居易一家先随他父亲官调搬至徐州彭城（今江苏徐州），又为躲徐州战乱被父亲送去安徽符离（今安徽宿州），那一年，白居易11岁。

白居易非常聪明，他自说六七月大的时候，便认得屏风上的"之""无"二字。

他写与元稹的《与元九书》中说：

及五六岁，便学为诗。九岁谙识声韵。十五六，始知有进士，苦节读书。二十已来，昼课赋，夜课书，间又课诗，不遑寝息矣。以至于口舌成疮，手肘成胝。既壮而肤革不丰盈，未老而齿发早衰白。

白居易从小便极刻苦勤奋，白天上课，晚上读书，休息时又在作诗，背诗能背到口舌生疮，胳膊因伏案太久都起了老茧。因为太废寝忘食，早早地就生了华发，牙也不好。

有天赋的人还那么努力，果然能青史留名的都是狠角色。

白居易15岁时课堂上写命题作文，顷刻便能作出《赋得古原草送别》："离离原上草，一岁一枯荣。野火烧不尽，春风吹又生。"这要是让"两句三年得，一吟双泪流"的贾岛知道了能气得再不"推敲"。

17岁又作《王昭君二首》："君王若问妾颜色，莫道不如宫里时。"少年对感情早早便有了自己的理解。

青少年时期的白居易，或是在长安，或是在江南，去拜谒了做过著作郎的诗人顾况。

顾况一听到他的名字就说："米价方贵，居亦弗易！"

长安米贵，居大不易啊。白居易送上自己的诗稿，顾况看到"野火烧不尽，春风吹又生"那一句，便惊为天人，立刻改口说：

"但你文采斐然，大有可为，即便是在长安住在哪儿都应非难事，还是居易的啊。"

少年白居易满腹诗书才华，对未来信心满满。只不过唐代科考十分之难，孟郊考到46岁才进士及第，而韩愈考了8次才做上官。

白居易的母亲对他充满期待，希望他能光耀门楣，一雪穷困时到处借米的耻辱。

但白居易恋爱了，喜欢上了符离的邻家女孩湘灵。

湘灵小白居易几岁，这一场苦恋被棒打鸳鸯。

直至白居易37岁，一个嫁了他人，一个不知所终。

他20岁左右，写了一首《邻女》：

> 娉婷十五胜天仙，白日姮娥旱地莲。
>
> 何处闲教鹦鹉语，碧纱窗下绣床前。

湘灵非常漂亮，貌若天仙，媲美嫦娥，活泼勤勉，憨态可人。但她出身平民，白居易的母亲陈氏无论如何都不同意。

孝字大过天的唐朝，母亲不首肯，白居易也不敢造次，只好寄希望于先立业再成家，待他进士及第，腰杆挺直了再回来和母亲谈。他和湘灵许下承诺："等我，我非你莫娶。"

遗憾的是，父亲在他23岁那年死在任上，白居易守丧又是三年。到他进士及第的时候，已经29岁了。

从唐中宗年间进士张莒游慈恩寺，一时兴起将名字题在大雁塔下开始，大唐的举子们便纷纷效仿雁塔留名。

所谓"五十少进士，三十老明经"。白居易春风得意啊，写下："慈恩塔下题名处，十七人中最少年。"

你们都瞅瞅，我牛不牛，我白居易，可是十七人中最年轻的进士。

他的好朋友元稹15岁便明经擢第了。虽然明经科比不得进士科，但也是很厉害的。

与元稹同年，刘禹锡和柳宗元一起进士及第，刘禹锡22岁，柳宗元才21岁，当真是相当牛了。

为什么白居易和同龄的这两大诗人，前期却没有任何交集？那是因为白居易刚刚做上校书郎的时候，刘禹锡和柳宗元就已经登上过权力的巅峰又被贬谪出京了。

刘禹锡和柳宗元是至交，两人的友谊之花开得灼灼绚烂，直至今日还被人啧啧称道。

他们虽然和白居易年纪相仿，但当官却早了十年。

805年，唐德宗驾崩，已经中风的太子李诵即位，是为唐顺宗。

之前做太子伴读的王叔文、王伾还有刘禹锡、柳宗元，被称为"二王刘柳"集团，顺宗上位后不能说话，权力基本就下放给了二王刘柳。

二王刘柳联合其他六人，开始了"永贞革新"，力图摘掉宦官专权和藩镇割据两大毒瘤。

遗憾的是，唐顺宗只在位156天，历时146天的"永贞革新"刚刚见了眉目，就被喊停。唐宪宗李纯的皇位，是父亲李诵禅让给自己的，他上位后就开始收拾李诵遗留的势力。

10个革新派人物，二王一个被赐死，一个自杀，另外八个人全部外放出去做司马。这就是历史上有名的"二王八司马"事件。

柳宗元和刘禹锡刚刚登上权力的巅峰没几天，就被驱逐出帝都了。两人这一贬谪就是二十三年。

两人虽然被召回过长安一次，但因为刘禹锡的一首诗"玄都观里桃千树，尽是刘郎去后栽"得罪了不少人，两人又一起被贬谪得更远更偏了。

被贬谪的日子，柳宗元写：

> 千山鸟飞绝，万径人踪灭。
>
> 孤舟蓑笠翁，独钓寒江雪。

多少有些凄怆孤独。但刘禹锡写：

> 自古逢秋悲寂寥，我言秋日胜春朝。
>
> 晴空一鹤排云上，便引诗情到碧霄。

却是那么豪迈乐观。后来柳宗元死在柳州，年仅47岁，刘禹锡把他的儿子接过来自己抚养成才。

说回白居易，进士及第后，白居易就回老家找老妈谈话："我考上进士了，我要娶湘灵！"

老妈说："恭喜你，但是娶湘灵？不行！"

"凭什么？"

"凭门不当户不对，凭我是你妈！"

"行，那我就不结婚了！我一辈子不娶！"

白居易苦苦哀求终究拗不过母亲，无可奈何只得回了长安。

他在以第四名的成绩进士及第后，要想当官，还得参加吏部考试。为了准备书判拔萃科的考试，白居易自己押题，写下了百道判书，就是著名的《百道判》。

这《百道判》被众考生争相借阅，而白居易写的答案，竟然在日后成了标准答案。真可谓是一代考王。

元稹出身北魏皇族元氏，虽然15岁就明经擢第，也被授予过官职了，但明经科出来的人，总是被进士科出来的看不起。

元稹也要百尺竿头更进一步，于是也参加了吏部考试，并和白居易同年及第。从此元白搭档结成，那叫一个相见恨晚。

这俩好兄弟，便开始了他们同做校书郎的日子。同事，又意气相投，那每天一起上班，一起下班，一起游山玩水，一起作诗唱和，一个写《折剑头》，一个写《和乐天折剑头》，一起喝酒吃饭聊女孩子——什么崔双文啊小湘灵啊，日子过得好惬意。

但做校书郎非两位大才子所愿，于是两人又约定一起参加制举考试，希望能换个单位工作。

两人为了准备考试干脆一起搬到华阳观里住。白居易一代考王岂能浪得虚名，他和元稹一起"闭户累月，揣摩当代之事，构成策目七十五门"，又自己作答，直接把这考试准备做成了一本书，就是被后届考生们奉为"5年高考3年模拟"的神复习资料《策林》。

那年制举考试，元稹考了第一，白居易第二。俩人终于可以换工作了。元稹去做了左拾遗，白居易去长安边上的盩厔县做县尉。

元稹做左拾遗的时候，基本上把能得罪的不能得罪的人都得罪了个遍。什么都管，什么都说，什么都要提意见，一腔热血尽情挥洒，很快就被现实呼了一巴掌，被贬为河南县尉。

县尉是要下基层的，白居易在盩厔县对民间疾苦感同身受，写了一首《观刈麦》：

> 今我何功德，曾不事农桑。
>
> 吏禄三百石，岁晏有余粮。
>
> 念此私自愧，尽日不能忘。

百姓忍受酷暑收麦子到筋疲力尽，天那么热，却只希望不要下雨，否则这一年的收成都可能付之东流。惭愧惭愧，我白居易何德何能拿那么多工资，以后无论如何不能忘记百姓疾苦，一定要为民发声！

之后，白居易又作《卖炭翁》替民发声：

> 可怜身上衣正单，心忧炭贱愿天寒。

百姓苦"宫市"久矣。

《观刈麦》和《卖炭翁》都是白居易、元稹发起"新乐府运动"后对新乐府诗的尝试。

白居易有一个诗集就叫《新乐府》，收录新乐府诗歌50篇。

就是在盩厔县这一年，白居易和友人陈鸿、王质夫同游仙游寺。仙游寺是爱情圣地，有个美丽的传说叫"萧史弄玉"。

那大家聊天肯定就聊聊男女情爱，然后就聊到了唐玄宗与杨贵妃的这段故事。

王质夫说："老白你写诗比较厉害，你以此为题材写一首诗吧。老陈你文比较好，你就写一篇小说吧。要不然这事儿过去了，也不会有人记得了。有诗文传世，就不会消亡。"

"那老王，你干吗？"

"我……我品鉴！"

唐朝的文人创作喜欢诗文同体，比如元稹写了小说《莺莺传》，李绅又写了诗歌《莺莺歌》。

白居易的弟弟白行简写了小说《李娃传》，元稹又给赋诗《李娃行》。

于是陈鸿作《长恨歌传》，白居易便作《长恨歌》。

说起来，白居易他爹白季庚也很会起名字，居易字乐天，行简字知退，居易行简，乐天知退。啧啧，放现在，那肯定进"最有韵味名字排行榜"前50名。

说到《长恨歌》，不得不说白居易写与初恋湘灵的那一首《长相思》。

先看《长相思》节选：

　　　　　人言人有愿，愿至天必成。

　　　　　愿作远方兽，步步比肩行。

　　　　　愿作深山木，枝枝连理生。

再看《长恨歌》节选：

　　　　　在天愿作比翼鸟，在地愿为连理枝。

　　　　　天长地久有时尽，此恨绵绵无绝期。

为什么《长恨歌》前面是批判帝王沉湎女色不思政事引得大祸临国，但到后面却情感爆发感同身受可叹可惜？

大概就是白居易本来想如陈鸿所说的那般：

> 意者不但感其事，亦欲惩尤物，窒乱阶，垂于将来者也。

但写着写着，他在玄宗和贵妃身上代入了自己和湘灵，他们的悲剧何其相似：那么相爱却不能在一起！

据说湘灵曾经送给白居易两样东西，一面铜镜，一双绣花鞋。白居易一直带在身边直至老年：

> 中庭晒服玩，忽见故乡履。
> 昔赠我者谁，东邻婵娟子。

白居易为湘灵写了不少诗。

比如《南浦别》：

> 南浦凄凄别，西风袅袅秋。
> 一看肠一断，好去莫回头。

我不能回头看送我离开的你，一看就心痛到断肠。

比如《感秋寄远》：

惆怅时节晚，两情千里同。

离忧不散处，庭树正秋风。

我很想你，秋风能把我们的思念吹向对方吗？

比如《冬至夜怀湘灵》：

艳质无由见，寒衾不可亲。

何堪最长夜，俱作独眠人。

什么时候，我们才可以都不做独眠人？如果有你陪伴，夜就不那么漫长了吧。

比如《潜别离》：

不得哭，潜别离。

不得语，暗相思。

两心之外无人知。

连分开我都是悄悄的，所以不能哭。连相思我都是偷偷的，所以不能说。我们的心连在一起，那么那么相爱，却无人知不被解。我如何甘心？

如此想来，《长恨歌》难道不也是白居易写给湘灵的一首情诗吗？

但白居易一生写诗3000多首，给元稹的就有900首，说喝酒的900首，给刘禹锡的100首，给湘灵的真不算多了。

在盩厔县做了一年县尉后，白居易回到长安迁进士考官、授翰林学士。

又一年，白居易被宪宗钦点做了左拾遗。同年，37岁的他在母亲的恳求下，娶了同僚杨虞卿的妹妹为妻。湘灵……终究是错付了。

娶了新妇后，白居易依然忘不了湘灵，又写《夜雨》：

> 我有所念人，隔在远远乡。
> 我有所感事，结在深深肠。

但写诗不过是白居易的自我排解，即便他"未如生别之为难，苦在心兮酸在肝"。不知道等了他十几年也已经三十多岁的湘灵之后过的是什么日子，可能如他一般寻得良缘？

在做左拾遗的时候，白居易像他的好基友元稹一样，什么都说，什么都管，什么都批评，一腔热血尽情挥洒，搞得宪宗很不开心，说：

> 白居易小子，是朕拔擢致名位，而无礼于朕，朕实难奈。

但宪宗其实算是从谏如流的明君了，否则也搞不出"元和中兴"。

两年后，白居易改任京兆府户部参军。

又一年，白居易40岁，他母亲看花的时候坠井而亡。但具体是坠井还是自杀跳井，咱也不知道，毕竟老人家精神系统不太健康。但白居易必须得回家丁忧了。

三年后，白居易回到长安，授太子左赞善大夫。

又一年，时任宰相的武元衡和御史中丞裴度，两位削藩强硬派，在清晨上朝的路上，被刺客袭击。武元衡当场毙命，头都被割走。裴度因为戴着厚毡帽，箭射在他毡帽上的力道让他从马上跌落沟渠身受重伤，若不是家仆拼死护住，估计也性命不保。

此事一出，满朝皆惊。能干出派人刺杀这事儿的是谁呢？

不外乎就是不想被收拾的那些藩镇节度使。那刺客竟然还敢在官员家里发小纸条："勿缉拿我，小心脑袋。"大臣们吓得从此不敢上朝。

宪宗怒不可遏，夜不能寐。大臣们都害怕刺客会找到自己，竟然无人上奏要彻查此事，还跟宪宗说也许武元衡之死是天意，这让做太子左赞善大夫本不能议政的白居易坐不住了。

一国宰相被刺杀却无人敢进言，这成何体统！他越职进言，请求彻查。这一下，算是得罪了满朝文武。

刺客后来都抓到了，也追溯到了真正的元凶：平卢淄青节度使李师道——他爷爷就是在白居易童年时期祸害河南十余州的李正己。

宪宗后来花了三年时间打李师道，直接踏破他家院墙，吓得他忙不迭地自杀了。

武元衡遇刺案让宪宗的削藩历程加快了步伐，也让白居易被同僚所构陷。

同僚构陷白居易的是他不孝，他母亲因看花坠井死了，他却写看花诗、咏井诗。

白居易被贬为江州（今江西九江）刺史。有个叫王涯的中书舍人落井下石：

"皇上，这么个不孝的人哪有资格做地方长官啊？我不同意！"

于是在白居易上任的路上，又一道诏书下来："别做刺史了，去做个司马吧。"

白居易就说行吧。

44岁这年，就是在去江州上任的路上，白居易遇见了一生挚爱湘灵。久别重逢自然都是百感交集。

久久，白居易才问她："可曾婚配？"

湘灵答："未曾。"

一直寄希望于湘灵能嫁得好人过上幸福生活的白居易，在那个片刻，希望崩塌。

大概就是从那一刻起，他觉得自己也就是那么个不咋样的人吧，连一个小小的湘灵都无法守护，谈何兼济天下？

不知道那次相见两人是如何分开的，总之那是他们的最后一面了，之后白居易再也没有了湘灵的任何消息。

白居易在江州的日子很不开心。他也不咋上班，去庐山上搭了个木屋子起名"庐山草堂"，常年就住在庐山上面。

他不上班是因为他觉得："州民康，非司马功。郡政坏，非司马罪。无言责，无事忧。"说得很好，人到中年，总会为颓废找到无法辩驳的理由。

他的好友元稹也在同年被贬通州（今四川达州）。早几年，元稹本来被提任监察御史，出使剑南东川的时候平了不少冤案，得罪了很多人。

之后他回京复命，在官驿敷水驿留宿休息，本来都已经睡下了，却被宦官仇士良和手下刘士元喊醒要求他腾出上房让给自己住。元稹自然是不同意，被刘士元一马鞭抽在了脸上。

元稹可是帅哥，打人怎么能打脸呢？

元稹连衣服都顾不得穿，就逃出屋去。仇士良是宪宗在太子时期就跟随他的亲信，宪宗对他宠爱非常，曾赐他绯鱼袋，也许是偏听偏信，也许是有多方考虑，处理结果就是元稹不仅被打伤脸，受到奇耻大辱，还被不分青红皂白地贬谪江陵（今湖北荆州）做参军。

白居易多次上疏请求皇上讲讲道理不要欺负他兄弟，皇上根本不搭理他。不过那位对白居易落井下石的王涯，后来在甘露之变中成事不足败事有余，也死于大宦官仇士良的刀下。

元稹在江陵做参军的时候，有一天，一个年轻人来拜见，希望元稹能帮他爷爷写一篇墓志铭。

这个年轻人说，他从湖南出发要带爷爷的尸骨回河南安葬。爷爷已经死了四十多年了，他也是攒了好几年才攒够了路费让爷爷能落叶归根。他爷爷也爱写诗，一生写了一千多首诗，只不过，他爷爷的诗却一首也没有被收录于大唐的诗歌选集。

元稹就让年轻人把他爷爷的诗歌拿过来一读，结果一读就不可收拾。这个年轻人名叫杜嗣业，他的爷爷就是杜甫杜子美。元稹毫不犹豫地写下了《唐故工部员外郎杜君墓系铭并序》，第一次将杜甫与李白并列，并肯定了杜甫现实主义诗歌的成就超过了李白。

之后，元稹在安利杜甫方面不遗余力，因为元稹，杜甫的诗才得以被大众看到，诗圣之名才得以万古流芳。

白居易中年后也爱杜子美，大概也是元稹安利的。

白居易被贬江州那年，元稹好容易奉诏回朝，还结识了也奉诏回朝的柳宗元和刘禹锡，正意气风发编撰《元白往还诗集》，结果没几天，就又与刘禹锡、柳宗元一起被贬外放。

听说白居易也被贬，在通州已经上任还患了疟疾的元稹写了一首《闻乐天授江州司马》：

> 残灯无焰影幢幢，此夕闻君谪九江。
> 垂死病中惊坐起，暗风吹雨入寒窗。

白居易和元稹这对好兄弟也真的是同病相怜。但要说惨，还是元稹更惨了些，那疟疾绵延两年，差点要了他命。

在庐山上住着，白居易没事儿就给元稹写信，他写给元稹说："兄弟，我梦见你了。也不知道你是不是找我有啥事儿啊，我一晚上梦见你三回。"

> 晨起临风一惆怅，通川溢水断相闻。
> 不知忆我因何事，昨夜三回梦见君。

元稹回他说："哎呀，我生病了你知道吗？我这病好烦人，我老梦见别人就梦不见你。可气死我了。"

山水万重书断绝，念君怜我梦相闻。

我今因病魂颠倒，唯梦闲人不梦君。

白居易在江州的时候，有一次和朋友聚会，遥遥听到江面上传来了琵琶声，那琵琶弹得非常之妙，白居易想，这么牛的乐师一定是从长安来的，也不知道现在长安怎么样了，皇上怎么样了，我要去拜会一下，打听打听长安的消息。

白居易这一场与琵琶女的邂逅，就写出了千古名篇《琵琶行》。

这首诗和《长恨歌》一样，天下流传。唐宣宗吊白居易诗中说："童子解吟长恨曲，胡儿能唱琵琶篇。"可见流行度是非常高了。

后世苏东坡曾说："元轻白俗。"所谓轻、俗，倒不是轻佻、俗气，而是通俗易懂，普通人也吟唱得。新乐府诗的特点之一就是平易通俗。

"同是天涯沦落人，相逢何必曾相识！"白居易听琵琶曲直接听哭了："座中泣下谁最多？江州司马青衫湿。"

江州司马老白我哭得好不畅快啊！一场大哭让白居易变得通透了。

只是通透和热血是一对矛盾体，通透了，热血就少了。所以他才会写《自诲》：

乐天乐天，可不大哀。而今而后，汝宜饥而食，渴而饮；昼而兴，夜而寝；无浪喜，无妄忧；病则卧，死则休。

至此，白居易的行为准则便靠向独善其身了："世事从今口不言。"想必，这也就是他50岁以后会推崇王维"中隐"的源头了。

而至交元稹，和白居易一样经历了人生巨大的挫折后，却选择了另外一条路。

许是少时父亲早亡，作为续弦的母亲不被同父异母的哥哥们待见，从小随母亲寄人篱下受了很多苦，后明经出身又受尽了白眼，再有被宦官抽打的奇耻大辱，元稹对朝堂始终有些许执念，他并没有像白居易那样通透，甚至对仕途的追求更强烈了。

在江州待了四年后，白居易被迁忠州（今重庆忠县）刺史，又一年，宪宗被宦官弑逆驾崩，唐穆宗李恒即位，白居易奉诏回长安，任尚书司门员外郎。而元稹早他一年就回到长安，积极结交朝臣，甚至宦官。

唐穆宗做太子时就很喜欢元稹的诗文，元稹迅速升迁，数月就擢为中书舍人，与此同时，元稹也不可避免地陷入了复杂的政治斗争和牛李党争之中。接着元稹被裴度弹劾结交宦官，被罢内职，但很快，又在穆宗的支持下与裴度一前一后（裴度在前）当上了宰相。

《旧唐书·元稹传》说："诏下之日，朝野无不轻笑之。"真的就是被嫌弃的元大人的为官苦途。

而这一切，白居易都只是冷眼旁观。

元稹做上宰相这一年，白居易也被擢为中书舍人。据说中书舍人也被称为"内相"，离宰相只有一步之遥。白居易深谙官场的互相倾轧，如履薄冰，于是他放弃中书舍人的职位，主动要求外放，去杭州做刺史。

白居易的独善其身，在这时体现得淋漓尽致。

他与牛僧孺交好，他妻兄杨虞卿也是牛党，但他没有站队陷入党争。裴度曾是他的上司，对他有提携之恩，元稹和裴度斗成那样他也没有牵扯其中。李党中的首领李德裕不喜欢他，却也没有对他不利。

而元稹，只做了不到半年的宰相，就被诬陷谋刺裴度，与裴度一起被罢相，下放为同州（今陕西大荔）刺史。眼看他起高楼，眼看他宴宾客，眼看他楼塌了。官场本就是如此起落沉浮。白居易除了能给元稹几句安慰，再也做不了别的什么了。

在杭州的那几年，是白居易为官生涯中最开心的日子。他写下不少明快的诗，比如《钱塘湖春行》《忆江南》《杭州春望》《春题湖上》《杭州回舫》等。

杭州有六口井年久失修，白居易主持重新修缮，供百姓使用。他又把西湖堤坝加高加固，加强西湖的蓄水能力，一则防止雨季水漫则涝，二则可以为旱年留用以利灌溉。

"唯留一湖水，与汝救凶年。"后人常以为这就是现在西湖景区"白堤"的由来。白居易离开杭州时，把工资也都捐给了杭州的公库，以便周济穷困之人，可见他对杭州感情之深。

白居易在杭州的时候，元稹也迁浙东观察使，两人离得很近，为了联系方便，白居易每次都是把诗信放在竹筒里往来传递，"诗筒"清雅脱俗，被传为佳话。

在杭州待了三年后，白居易迁苏州刺史。不过只在任一年，就因病去职，回长安的途中路过扬州，见到了刚刚结束自己二十三年贬谪生涯的刘禹锡。

两人一起游扬州、楚州（今江苏淮安），结为至交。

白居易为刘禹锡鸣不平："亦知合被才名折，二十三年折太多。"

刘禹锡回："沉舟侧畔千帆过，病树前头万木春。"

到底还是早早被社会毒打过的刘禹锡更通透一些。只不过，对刘禹锡来说，当年与他一同被贬的最好的朋友，却没有机会像他一样奉诏回朝了。

"千里江蓠春，故人今不见。"那一年，柳宗元去世已经七个春秋了。

那一年，唐穆宗因吃丹药已经驾崩两年，唐敬宗李湛也已经即位两年。

少年皇帝喜欢蹴鞠、猎夜狐，好游宴，不爱理政，脾气也不好。不少宦官小有过错，轻则辱骂，重则捶挞，搞得这些人满怀畏惧、心中怨愤。

于是这少年皇帝就只在位两年，便被宦官刘克明所弒，年仅18岁。纵观中晚唐时期，宪宗、敬宗竟都死于宦官之手。宦官跋扈嚣张到令人唏嘘。

接着，唐文宗李昂即位，白居易、刘禹锡都被召回朝。

刘禹锡迁了个闲职，任职于东都尚书省。

白居易留任长安秘书监，穿紫服，佩金鱼袋，已经是三品以上的大官了。两年后因病改授予太子宾客分司，回洛阳履道里。

白居易之后就一直赋闲待在洛阳了，官却越做越大，还被封了县侯。等到他71岁，是以刑部尚书的职位致仕的。

而元稹在他的浙东观察使任上待了六年，直到文宗太和三年（829年）才回到长安，授尚书左丞，身居要职。小白居易7岁的元稹，在浙东被打磨了六年之后，却恢复了少年时的血气方刚，一心要整顿吏治，肃清朝纲，然后又得罪了不少人，自然被排挤。

说元稹至死是少年，真的一点不为过。

不说他政治上的一些手段，但他在任上为官清廉、体恤百姓，从未做过任何祸国殃民之事。

一年后，元稹授户部尚书兼鄂州（今湖北武汉）刺史、武昌军节度使。再一年，因病死在武昌任上，时年53岁。

白居易得知消息后伤心欲绝：

> 八月凉风吹白幕，寝门廊下哭微之。

两人上一次见面是元稹回京述职路过洛阳，大醉一场后，白居易劝元稹不要执着于官场功名，元稹却已经清楚这是两人最后一次见面：

> 恋君不去君须会，知得后回相见无。

白居易为元稹写墓志铭：

> 死生契阔者三十载，歌诗唱和者九百章……公虽不归，我应继往，安有形去而影在，皮亡而毛存者乎？

你我本就是一体的，现在你走了，我就是那没有了身形的影子，就是那没有附着于皮的毛发。

元家人为感谢他给了六七十万钱做润笔费，白居易将钱全数布施于洛阳香山寺。

写墓志铭给润笔费在唐朝是惯例，唐宋八大家之首的韩愈没少靠帮人写墓志铭赚钱。

元稹死后数年，白居易还经常骑马去他在洛阳的元宅看看，只不过人去楼空，元宅已经成了废宅。

白居易写下数首诗感怀：

> 鸡犬丧家分散后，林园失主寂寥时。
> 落花不语空辞树，流水无情自入池。

元稹死后九年，白居易梦见了他，醒来又是大哭一场："君埋泉下泥销骨，我寄人间雪满头。"

我不过就是被寄存在这人间一段时间，等我，在彼岸我们终究还会再相见。

除却失去元稹带来的痛苦，白居易的晚年生活还是很闲适的。

他在洛阳购置了一套大宅子，有水有竹，可以放下他在杭州时获赠的两块太湖石和一只鹤。搬过去后，住得那叫一个舒心：

> 门前有流水，墙上多高树。
> 竹径绕荷池，萦回百余步。
> 波闲戏鱼鳖，风静下鸥鹭。
> 寂无城市喧，渺有江湖趣。

真是又大又美又高级。搞得刘禹锡眼馋，也很快在他家旁边买了个宅子和他做邻居。

元稹走后，白居易晚年最好的朋友就是刘禹锡了。

两人诗歌唱和百余首。刘禹锡一生乐观豁达，给白居易许多慰藉。比如白居易写给他的《咏老赠梦得》：

> 与君俱老也，自问老何如。
>
> 眼涩夜先卧，头慵朝未梳。
>
> 有时扶杖出，尽日闭门居。
>
> 懒照新磨镜，休看小字书。

老了可真烦啊，眼睛不舒服，头也不舒服，腿脚也不好，懒得出门，字小一点儿都看不清。

刘禹锡回他："莫道桑榆晚，为霞尚满天。"

白居易又写："一愿世清平，二愿身强健。三愿临老头，数与君相见。"

但刘禹锡也先他一步走了，享年71岁。白居易当时已经中风了，写诗号啕："贤豪虽殁精灵在，应共微之地下游。"

你们两个在下面可以携手共游，我怎么办？

老朋友都一个个先他而去，他想喝酒却只敢小心翼翼地问新交的朋友刘十九：

> 绿蚁新醅酒，红泥小火炉。

晚来天欲雪，能饮一杯无？

中风前，白居易养过歌舞家伎，其中有两个叫樊素和小蛮，他曾经写诗："樱桃樊素口，杨柳小蛮腰。"

樱桃口、小蛮腰至此成为美女的标志。

白居易中风后，便遣散她们，让她们各自嫁人去了。

白居易晚年礼佛，经常住在龙门香山寺，自称香山居士。

香山寺附近的伊河八节滩上怪石嶙峋，险象环生，河中急流或奔腾直下或回旋翻滚。船行到那里几乎九死一生，被称为吃人滩。

白居易73岁那年，兼济天下之心又回到了他病弱的身体里面，他出钱要为百姓开凿龙门八节滩，让吃人滩不再吃人。

八节滩内的九峭石被凿掉了，伊河被疏浚了，过往船只也顺利通行了。白居易很高兴："我身虽殁心长存，暗施慈悲与后人。"

75岁那年，自称被寄在人间的白居易，终于得偿所愿，去地下找微之与梦得共游去了。

白居易死后葬在龙门香山琵琶峰，有常青的松柏为伴。

杜牧：不能自遏

柳宗元和刘禹锡刚进士及第的时候，经常一起玩耍，那时他们还有一个小跟班，叫牛僧孺。

谁也未承想，这个当时名不见经传的小跟班政治觉悟挺高，后来竟然成为"牛李党争"的牛党领袖。

唐中晚期，除了藩镇割据、宦官专权，还有一个让朝堂无法清明的毒瘤，便是党争。

牛李党争一争就是近半个世纪，唐文宗曾经哭诉说："去河北贼易，去朝中朋党难！"

牛党以牛僧孺为首，李党以李德裕为首。这两人，若不论朋党，都是有能力有才华的将相之材，奈何却深陷抱团夺权不能自拔，让唐王朝再没有了重回盛世的机会。

我们今天的主角杜牧，他的一生，也和牛僧孺、李德裕这两位对立党派的领袖有着颇深的渊源。

杜牧出身于京兆杜氏，同辈排行十三，族里有8人出任过宰相。

家就在长安的安仁坊，杜家和当时的另一个名门望族韦家，被当时的人称为："城南韦杜，去天尺五。"可见其家族显赫。

杜牧的爷爷杜佑在杜牧出生那一年也做了宰相，且一做就是十年，直至去世。杜佑还博古通今，写过一本《通典》，是典章制度专史的开创之作。

所以，杜牧家不仅有钱，还是妥妥的书香门第。

他自己有诗道：

> 旧第开朱门，长安城中央。
>
> 第中无一物，万卷书满堂。

杜家在长安南郊樊川还有一座别业叫朱坡，许是小时候在樊川别业度过的日子给杜牧留下了非常美好的回忆，所以他50岁又重建樊川别业，自称樊川居士，并把自己的文集取名为《樊川集》。可见樊川已经是他最美好的精神圣地了。

杜牧和杜甫其实也是同宗，他们共同的老祖宗是西晋名臣杜预。只不过几百年过去，各系旁支，到了盛唐时期，基本已经不再有什么关系。

杜牧10岁那年，祖父去世，很快父亲杜从郁也去世了，他家那一房，分得房宅30间，后来也因生活困顿渐次变卖。

即便豪族如杜氏，没有了顶梁柱父亲的杜牧一家也是过了相当一段时间的清贫日子。

在《上宰相求湖州第二启》中杜牧写：

> 长兄以一驴游丐于亲旧，某与弟颐食野蒿藿，寒无夜烛，默念所记者凡三周岁。

杜牧长得好，风流倜傥，《唐才子传》说他："美容姿，好歌舞，风情颇张，不能自遏。"

和他的祖父一样，杜牧也博古通今，且对军事涉猎颇深。不到20岁便为《孙子》写注十三篇。要知道曹操戎马一生，也才为《孙子》写注三篇。杜牧的军事才能可见一斑。23岁，又写成《阿房宫赋》，一举成名。

26岁那年，杜牧参加进士科考后，太学博士吴武陵便骑着一头瘦驴，拿着《阿房宫赋》去找当时的主考官崔郾了。

吴武陵是谁？在柳宗元《小石潭记》的文末："同游者：吴武陵……"就是这位吴博士。吴武陵先是为崔郾声情并茂地朗读了一遍《阿房宫赋》："嗟乎！一人之心，千万人之心也！"

然后，就对崔郾施压："你读过这么好的文章没？你见过这么有才的年轻人没？这是王佐之才啊！你必须给杜牧状元！"

崔郾头都大了："状元内定了啊。"

"那第二名给杜牧！"

"前四名都内定了啊！"

吴武陵气得吹了胡子，但也不得不退了一步："那就第五名，第五名必须是杜牧之的！否则，你就把《阿房宫赋》还回来！"

于是那年二月新科放榜，杜牧便以第五名进士及第，春风得意，写下：

> 东都放榜未花开，三十三人走马回。
>
> 秦地少年多酿酒，已将春色入关来。

两个月后，杜牧又考中贤良方正直言极谏科，授弘文馆校书郎、试左武卫兵曹参军。

一年内考中两次，真是"两枝仙桂一时芳"，名动京师。不过，杜牧只做了几天校书郎便随时任洪州（今江西南昌）观察使的沈传师去了洪州，做起了幕僚，也开始了他"十载飘然绳检外"的风流日子。

沈传师家与杜家是世交，杜牧在洪州一待就是四年。王勃的《滕王阁序》就是在这个"豫章故郡，洪都新府"写的。洪州是个好地方，人杰地灵，落霞与孤鹜齐飞，美女在沈家唱歌。

沈传师的弟弟沈述师也在洪州，杜牧经常去他家玩儿。他家里蓄养了一些歌姬，其中一个叫张好好，长得非常漂亮，歌也唱得很绝。杜牧对她一见倾心，白居易听过她的歌喉，也写下一首《醉题沈子明壁》："爱君帘下唱歌人，色似芙蓉声似玉。"

那年杜牧26岁，而张好好才13岁，金风玉露一相逢，一起约会：

龙沙看秋浪，明月游东湖。

自此每相见，三日已为疏。

　　杜牧对她真是喜欢，三天不见，就会觉得她已经离自己远去了。但这种喜欢，又埋了一层不能为外人道的苦楚。

　　张好好身为乐籍歌女，杜牧没有办法娶她，内心非常挣扎。如此佳人，喜欢的又不止他杜牧一个。

　　沈述师近水楼台先得月，便帮她脱了贱籍，纳为妾室。杜牧知道后当然很难受啊，但张好好却已经淡然了，写了一首诗给杜牧：

孤灯残月伴闲愁，几度凄然几度秋。

哪得哀情酬旧约，从今而后谢风流。

　　我孤灯残月地等了你好几年，如今嫁了人，更没有什么兴致和理由去赴与你的旧约了，我谢谢你了，谢谢你曾经爱过我，以后相忘于江湖吧，就别来烦我了。

　　然而这世间的缘分就是这么奇妙，几年后，杜牧在洛阳竟然又遇见张好好，只不过斯人已不再唱歌，而是在当垆卖酒。

　　原来那沈述师前两年因病去世，家妾便全都散去，张好好没了依靠，便只能自谋生路。那年的张好好才18岁，还是人生最好的时候，却已经承受了生命的大起大落。

　　这样一个女子却没有在见到旧情人的时候哭诉埋怨，而是像以前一样，很心疼杜牧。

怪我苦何事，少年垂白须。

朋游今在否，落拓更能无？

你这些年发生了什么事啊，为什么这么年轻胡子都白了？

你之前的朋友还与你一起吗？

否则你失意的日子怎么能受得了啊？

这种关切和问候，怎能不让人动容？

门馆恸哭后，水云秋景初。

斜日挂衰柳，凉风生座隅。

洒尽满襟泪，短歌聊一书。

杜牧当时已经娶妻裴氏，回家后便写了这首《张好好诗》，来纪念自己的青春和那个女孩。

《张好好诗帖》也是杜牧传世的唯一墨宝，如今存在故宫博物院，被奉为国宝。

这篇诗帖，全文为行草，字字丰腴，满富情感，一气呵成如鹤舞长空。北宋《宣和书谱》称其："气格雄健，与其文章相表里。"

文字如其人，杜牧就是这样一个潇洒流逸如鹤舞长空又气格雄健之人。

他军事和政治才能极高，有经天纬地之才，又有兴邦济世之志，然而生不逢时，不被重用，只能屈居人下做个幕僚。但他似乎又看得很开，朝堂需要我的时候，我就去发挥光热，不需要我的时候，我就享受人间繁华。

沈传师在洪州四年后，被召回迁吏部侍郎，幕府解散。

杜牧又受时任淮南节度使的牛僧孺之邀去了扬州。扬州在古代文人心中是个分外被偏爱的地方："天下三分明月夜，二分无赖是扬州。"

连月亮都被扬州占去了三分之二的清辉啊。杜牧也写过《扬州三首》："谁家唱水调？明月满扬州。"

在扬州九里三十步的长街上，点缀着无数的绛纱灯，粉红闪耀，勾人心魄，也勾了杜牧。

杜牧在扬州的日子在众人看来非常惬意，他好宴饮，时常在勾栏瓦肆、秦楼楚馆流连。

他自己是个大帅哥，所以对颜值的要求也很高。《唐才子传》说他"不能自遏"，大致是说他年轻时不能控制自己对美女的喜欢。他也写下了不少风月诗。最著名的是《赠别二首》：

> 娉娉袅袅十三余，豆蔻梢头二月初。
> 春风十里扬州路，卷上珠帘总不如。
>
> 多情却似总无情，唯觉樽前笑不成。
> 蜡烛有心还惜别，替人垂泪到天明。

写得好啊，清叶奕苞在《金石录补》中说：

> 予观小杜流连旖旎，放浪低徊，读其诗歌，使千载下有

情人惊魂动魄，何况云烟满纸，笔致绝尘乃尔耶？

牛僧孺对他特别器重，觉得这熊孩子挺有能耐就是不太爱惜自己的羽毛，不好明着教训，就派人每天跟着他。

等到杜牧要离开扬州的时候，牛僧孺已经收到一箱子小纸条：

"杜牧今天去了百花苑，夜宿。"

"杜牧今天又去了怡红楼，夜宿。"

牛僧孺把那小纸条给他看的时候，杜牧还说："某幸常自检守。"

老板，我已经很克制了，我要是真的放飞了自我，那小纸条就更多了……

就真的不能自遏。

但杜大才子可不是每天都这样声色犬马，把酒风月。他还交了个好朋友——与他同年入牛僧孺幕下的韩绰。

除此之外，作为专攻文字工作的机要秘书，他在任幕僚期间，还写了不少策论：《罪言》《守论》《原十六卫》。水平都很高，就改革弊政、造福国民激扬文字，也让他成为唯一一个策论被司马光收录于《资治通鉴》的唐朝诗人。

在扬州待了三年后，杜牧奉诏回长安，授监察御史后自请分司东都洛阳。

八月，杜牧便去了洛阳。就是在那时，京城长安发生了那场朝臣被宦官屠杀千人的"甘露之变"。

杜牧躲过了一劫。

唐文宗李昂为了改变宦官专权的现状，便与没什么能耐还有些奸邪的李训和郑注密谋诛灭宦官。

收拾完大宦官陈弘志和王守澄，他们又准备发动宫变诛杀宦官头目仇士良等权宦。之所以叫甘露之变，是因为文宗以观甘露之名，把仇士良等引到禁卫军后院欲杀之，结果参与的金吾卫将军和大臣心理素质太差，成事不足败事有余，被仇士良发现。

仇士良用手中所执掌的禁军反杀了金吾卫和大臣，朝堂之上所有文臣几乎无人幸免，连其家族也不放过，之后文宗被宦官软禁五年，郁郁而终。

仇士良就是那个命令手下在敷水驿用鞭子抽了元稹的那个大宦官。至此，"天下事皆决于北司，宰相行文书而已"。

宦官"迫胁天子，下视宰相，陵暴朝士如草芥"。

军政大权、君主废立都已掌握在宦官手中。

这样一个时代，即便杜牧再有才有志，也鲜有用武之地。

直到唐武宗即位，任用李党领袖李德裕做宰相，杜牧的军事能力才有了发挥的机会。

会昌年间，黠戛斯打败回鹘军，回鹘族部落溃退到大漠南部，杜牧劝说李德裕不如趁机攻取。

之后，李德裕又用杜牧的策略用兵平了刘稹之乱。《新唐书》里说："宰相李德裕素奇其才。"

李德裕很欣赏杜牧的才华，李杜两家又是世交，即便如此，因为杜牧和牛僧孺的关系，李德裕不敢用他也不能用他。但杜牧也不是牛党，他不属于任何一个党派。所以，牛僧孺和李德裕都很喜欢他，却都不重用他。

他为李德裕出谋划策，完全是出自一个士子忧国忧民的拳拳之心。

> 牧刚直有奇节，不为龊龊小谨，敢论列大事，指陈病利尤切至。

无论是对李德裕还是对牛僧孺，杜牧都只有公心，没有私心。

说回杜牧在洛阳，甘露之变后，杜牧心灰意冷，写了《洛阳长句》：

> 草色人心相与闲，是非名利有无间。
> 桥横落照虹堪画，树锁千门鸟自还。
> 芝盖不来云杳杳，仙舟何处水潺潺。
> 君王谦让泥金事，苍翠空高万岁山。

唉，既然这个世界已经如此落拓，不如还是纵情人间吧。

东都的官本来都是闲差，杜牧便有的是时间乱晃，凭吊古迹。在洛阳待了三年，杜牧又去了宣歙观察使崔郸的幕下做团练判官。

就是在宣州，杜牧写了《题宣州开元寺水阁》，留下千古名句：

> 鸟去鸟来山色里，人歌人哭水声中。

在宇宙的苍茫之下，鸟去鸟来是鸟的一生，人歌人哭是人的一生，但鸟和人并无所区别，都不过是时间长河里的一个微小的片段，一粒可以不计的尘埃。

纵情山水古迹时，杜牧写了怀古诗数首。

比如《题乌江亭》：

胜败兵家事不期，包羞忍耻是男儿。

江东子弟多才俊，卷土重来未可知。

比如《泊秦淮》：

商女不知亡国恨，隔江犹唱后庭花。

比如后期写的《赤壁》：

东风不与周郎便，铜雀春深锁二乔。

还比如《过华清宫》：

一骑红尘妃子笑，无人知是荔枝来。

杜牧的怀古诗角度都很有个人特色，让人读来颇感思韵。

杜牧的才学就是如他自己所说的那样：

性颕固不能通经，于治乱兴亡之迹，财赋兵甲之事，地形之险易远近，古人之长短得失……必期不辱恩奖。

杜牧的诗不同于流行的元白，文又不同于颇被称道的韩柳，真真自成一派，哀而不伤、开张自信，很特别，很优秀。

做幕僚，钱多，事儿少，还可以出差。

出差金陵时，杜牧恰巧遇到了一个过气女明星杜秋娘。

杜秋娘年轻时是名歌伎，能歌善舞，倾国倾城。据说她15岁便作有一首《金缕衣》：

> 劝君莫惜金缕衣，劝君惜取少年时。
> 花开堪折直须折，莫待无花空折枝。

一出手，就火遍了大江南北。

镇海节度使李锜听完这一曲后，便为她脱籍纳为了妾室。但因宪宗正在努力削藩，李锜不满便蓄兵谋反，结果兵败，被押至京城腰斩。

杜秋娘也被发配宫中做奴，发挥特长，还做歌舞伎，不知怎的被宪宗看上，封为秋妃。宪宗一生没有立后，但杜秋娘深受宠爱。

宪宗平藩后，元和中兴，宰相李吉甫对宪宗说："天下已平，陛下宜为乐。"

宪宗却说："朕有一秋妃足矣。"

后来宪宗笃信方士身体不济，又被宦官陈弘志谋害，杜秋娘一生无子，无所依托，穆宗即位后命她做皇子李凑的傅母。

穆宗在位五年，敬宗即位仅三年，为宦官所害。

杜秋娘与大臣宋申锡密谋除宦，立李凑为帝，结果被王守澄发现，李凑被贬为庶人，杜秋娘也被削为平民，赐归故乡。

杜牧见到杜秋娘时，她早已不复当年的风采，而是一个疲惫老弱且贫穷的女人了，杜牧有感她无常的命运，便作长诗《杜秋娘诗》来纪念这个女人跌宕起伏的一生。

《杜秋娘诗》在当年算是杜牧的代表作。李商隐写给杜牧的《赠司勋杜十三员外》里的那句"杜牧司勋字牧之，清秋一首杜秋诗"可以为证。

杜牧游遍了大江南北，他当年在牛僧孺幕下结交的好友韩绰还在扬州，杜牧便写了一首《寄扬州韩绰判官》赠他：

青山隐隐水迢迢，秋尽江南草未凋。

二十四桥明月夜，玉人何处教吹箫。

诗中的玉人倒不是哪个美女，而是说的韩绰。看来韩绰也是个帅哥呢。

唐武宗即位后，杜牧被召回朝，任命为左补阙，后又授膳部员外郎。

李德裕做宰相时，颇为欣赏他，但只用他的策略，却不敢用他的人。所以，杜牧在长安的日子，如诗中"臣实有长策，彼可徐鞭笞。如蒙一召议，食肉寝其皮"的志向完全不能实现。

没两年，杜牧便被外放为黄州（今湖北黄冈）刺史。说是外放，其实就是贬谪。当时的黄州，兵连祸结，战火纷飞，官不安位，民不聊生，是个地地道道的废郡，被京官视为"鄙陋州郡"。

杜牧心里苦啊，写下了那首最著名的《遣怀》：

> 落魄江湖载酒行，楚腰纤细掌中轻。
>
> 十年一觉扬州梦，赢得青楼薄幸名。

这首诗写尽了杜牧对往事的追悔和自嘲，满是苦涩。我杜牧落得如此下场，还真多亏了那"十载飘然绳检外"的这"青楼薄幸名"啊。

但苦完了却还是充满干劲，什么能难得住我杜十三？

在黄州任上三年，杜牧把地方治理得井井有条。黄州有孔子山、孔子河，是春秋末孔子周游列国时的过往之地，有"孔子使子路问津处"等圣迹，山旁建有孔子庙。

杜牧扩建孔庙，改孔庙名为"文宣庙"，并在庙中设置学堂，教化士民。他虽身居史职，仍在学堂讲学不辍。

作为一方长官，杜牧为官清廉，家徒四壁，"使君家似野人居"。《黄州府志》赞其"有才名，多奇节，吏民怀服之"。

黄州任满，杜牧又迁池州（今安徽贵池）、睦州（今浙江淳安）刺史，所到之处，兴利除弊，爱民如子。外放七年，杜牧终于回朝，任司勋员外郎。

杜牧在朝堂的时候，才深刻地认识到才华和抱负不如结党有用，不结党却又被朋党忌惮的自己，所到之处没有共鸣，没有提携，只有打压。且京官官俸低微，杜牧不得不上启，请求外放杭州，以求"一家骨肉，四处安活"，被拒。

杜牧很缺钱，除了要照顾自己的一家老小，还要照顾已经失明的弟弟杜颤一家和寡居的妹妹一家。

杜牧与弟弟杜颤的感情最深，弟弟失明后他曾痛苦疾呼："是某今生可以见颤，而颤不能复见某矣，此天也，无可奈何。某能见颤而不得去，此岂天乎！"

对于杜牧来说，风花雪月只是人生的点缀，家人和宏图壮志才是他最重要的软肋和真正的"不能自遏"。

之后杜牧又连上三启，求外放湖州（今浙江湖州），启中有一句"今更得钱二百万，资弟妹衣食之地，假使身死，死亦无恨"。身为兄长的责任和苦心，溢于言表。

比起做幕僚和外放时写的诗，杜牧在朝时写的倒是苦涩许多。离京前，杜牧去登了乐游原，写《登乐游原》：

长空澹澹孤鸟没，万古销沉向此中。

他又写《将赴吴兴登乐游原一绝》：

清时有味是无能，闲爱孤云静爱僧。
欲把一麾江海去，乐游原上望昭陵。

果然，没有人能逃得过中年诅咒，哪怕是曾经风流倜傥的翩翩贵公子杜牧之。

赴湖州上任后，杜牧去找了一家人。14年前，他曾经对那家人许下一个十年之约。

那时他还年轻，在湖州遇见了一个十几岁的小姑娘，眉眼五官完全长在了他的心上，当下惊为天人。但小姑娘年纪还太小，杜牧便先给那家人下了聘礼并许了十年之约："十年后等她成人了，我若能来湖州为官，便来迎娶她。"

奈何他来晚了，他再去找那个小姑娘一家时，姑娘已经嫁人并生子了。十年之约，他14年后才来，先违约的是他，自怨不得别人。

罢了罢了，杜牧只得留下贺礼财物，遗憾离去，并写下一首《叹花》自嘲：

> 自恨寻芳到已迟，往年曾见未开时。
> 如今风摆花狼藉，绿叶成阴子满枝。

杜牧只在湖州待了不到一年，他弟弟杜顗便去世了，杜牧亲自为弟弟写下墓志铭。

弟弟杜顗多受杜牧照顾，而他那安泰自如的豁达人生态度，同样滋养着哥哥，让杜牧得以在宏图无法施展的愤懑中，看开一些，淡泊一些。

很快，杜牧又被召回长安。这次回朝他升官了，授考功郎中、知制诰。第二年又升中书舍人。

这期间，他重新修建了小时候居住过的樊川别业，闲暇时就在樊川以文会友。

杜牧虽小元稹和白居易几十年，但仍属于同时代，却几乎没有交往，主要是因为杜牧讨厌元稹。

元稹虽然也是大帅哥，但怎么讲，做的一些事情吧，杜牧不能苟同。

杜牧与张祜是好朋友，张祜写过一首《宫词》：

> 故国三千里，深宫二十年。
>
> 一声何满子，双泪落君前。

杜牧非常喜欢张祜，有诗赠他："谁人得似张公子，千首诗轻万户侯。"但张祜却一生未仕。

原因是令狐楚举荐他做官的时候，元稹出来使绊子说："张祜雕虫小巧，壮夫耻而不为者，或奖激之，恐变陛下风教。"

元稹还曾挡过诗鬼李贺的为官之路。

元稹曾经非常喜欢李贺的诗，主动去结交他，李贺就比较没有礼貌，说："你一个明经及第的，我和你交朋友，别人怎么看我？"

后来元稹上位，就公报私仇了，说，李贺他爹叫李晋肃，如果李贺当上进士了，那不就是李进士，都是Jin字辈，和他爹同辈了？不可不可。就非常匪夷所思。

杜牧讨厌元稹，顺带着也讨厌元白体，当然更多的是因为作诗理念不合，曾说：

> 诗者，可以歌，可以流于竹，鼓于丝，妇人小儿，皆欲
> 讽诵，国俗薄厚，扇之于诗，如风之疾速。尝痛自元和已来
> 有元、白诗者，纤艳不逞，非庄士雅人，多为其所破坏。流

于民间，疏于屏壁，子父女母，交口教授，淫言媟语，冬寒夏热，入人肌骨，不可除去。

骂得挺难听的。

和杜牧并称"小李杜"的李商隐，小杜牧10岁，曾经为杜牧写过两首诗，主动结交。但杜牧一首没回。为啥呢？

也许还是与李白和王维为什么不能成为朋友的原因差不多，所谓道不同不相为谋吧。

大中六年（852年），杜牧一病不起。《新唐书》里说他做了一个梦，醒来后煮饭的饭甑破了，自觉大限将至，便喊来外甥，烧掉了自己的大部分诗文，只留下十之二三。

烧得那真是不心疼，外甥拦都拦不住。大概是太看中自己的身后名，杜牧的墓志铭竟也是他自己写的。

墓志铭写完，雄姿英发、俊朗飘逸，一生如鹤舞长空的杜樊川便仙去了。

李商隐：困在无题的网中

　　李商隐的名字，是他父亲李嗣起的，意为希望他能如秦末汉初的商山四皓一般，做有才学有名望的隐士，能内敛藏锋，心如止水，不被功名利禄所裹挟而痛苦。

　　他取字义山，是希望有高洁的品性，如周初伯夷、叔齐，"义不食周粟"，隐于首阳山，义字当头，巍巍如山。

　　李商隐天资聪颖，"五年读经书，七年弄笔砚"。但造化弄人，10岁那年，在浙西担任幕僚的父亲李嗣病逝，李商隐不得不随母亲回河南老家。

　　孤儿寡母，生活非常困顿，李商隐以"佣书贩舂"来贴补家用。多年后他曾在《祭裴氏姊文》中说起少年经历："四海无可归之地，九族无可倚之亲。"

还好，老家有一个未入仕的本家堂叔，读过太学，精研《五经》，古文造诣和书法造诣都很深。他算得上是李商隐人生中的第一个贵人。

也许是因为李商隐天资太好，又勤奋苦学，堂叔惜才，将毕生所学倾囊相授。特别是古文写作技法的学习，让李商隐"十六能著《才论》《圣论》，以古文出诸公间"。

遗憾的是，也就是李商隐16岁那年，堂叔因病早亡，李商隐一家便离开了家乡，搬往了洛阳。

当时，时任检校兵部尚书、东都留守的令狐楚在洛阳为官。令狐楚擅长四六骈文，被尊为"一代文宗"，而当时的官场文书基本就是对仗工整的骈文写作。

李商隐到洛阳后，为了自己以后的科举和仕途，开始行卷。

在看过李商隐的文章后，令狐楚大为欣赏，让还没有任何功名的李商隐来自己幕下为巡官，并亲自教授其骈文写作，衣食住行全包，待他如徒如子，引荐人脉与他，还让他和儿子八郎令狐绹沟通往来，可谓用心良苦，毫无保留。

令狐楚对李商隐的知遇之恩，不仅让他困顿的家庭生活有了改善，更让他的未来看上去一片光明。

李商隐感激涕零啊，写了一首《谢书》：

> 微意何曾有一毫，空携笔砚奉龙韬。
> 自蒙半夜传衣后，不羡王祥得佩刀。

令狐楚对李商隐的倾囊相授，应该也有一点私心。当时的朝堂牛李党争很严重，做官想混得下去，就得抱团。所以，官员通常会养一些幕僚作为家臣。

令狐楚的儿子令狐绹文章自然比不得李商隐，令狐楚培养李商隐，就算不是培养家臣，也是希望他以后做了官能和儿子令狐绹抱团，成为互相帮衬的自己人。

但李商隐并不知道他被授予的"自己人"身份，他年纪太小，对诡谲复杂的政治斗争一无所知，也不清楚自己会被赋予什么样的期望。而期望越深，伤害与失望也就越深。

说到底，他对令狐楚的感情就是如此：你是我一生都感恩戴德的老师，但我不属于你们令狐家，不是你们亦步亦趋的家臣。我是自由的我，独立的我。我以后所有的选择都只来自我自己的内心，不管它是大义凛然的，还是恐惧软弱的，也不管它是为天下的心，还是为私己的心。

令狐楚先后调任郓州（今山东菏泽）、太原，李商隐都以巡官身份跟随。其间李商隐积极应试，努力学文。令狐楚连他进京赶考的盘缠都出了："岁给资装，令随计上都。"赶考经过洛阳时，李商隐借住在了自己堂兄李让山家。

那时，李商隐已经写过《燕台四首》，分春夏秋冬四个篇章。有一天，李让山在家门口吟诵了其中的《春》：

风光冉冉东西陌，几日娇魂寻不得。

蜜房羽客类芳心，冶叶倡条遍相识。

声情并茂，诗歌表现力超凡，这就被隔壁邻居家一个富商的女儿叫柳枝的听见了。

柳枝非常喜欢这首诗，忙跑出来问："谁人有此？谁人为是？"

李商隐后来写的《柳枝五首并序》中有记录他与柳枝的这场邂逅：

> 余从昆让山，比柳枝居为近。
>
> 他日春曾阴，让山下马柳枝南柳下，咏余《燕台诗》。
>
> 柳枝惊问："谁人有此？谁人为是？"
>
> 让山谓曰："此吾里中少年叔耳。"
>
> 柳枝手断长带，结让山为赠叔乞诗。

柳枝显然是个至情至性的女孩子，她太喜欢《燕台诗》了，追问急迫生怕错过，甚至收起女子的内敛，把衣带撕开一段，让李让山带给李商隐来求一首诗。

序里还说她："吹叶嚼蕊，调丝撅管，作天海风涛之曲，幽忆怨断之音。"

这是个十分特别的姑娘，也许李商隐早就听过她吹的曲子了。

次日，少年英气的李商隐骑马从巷口过，看到了柳枝："柳枝丫鬟毕妆，抱立扇下，风鄣一袖。"

柳枝化了妆，头上扎了双髻，可可爱爱，漂漂亮亮，大大方方地说："三日后，我们约会吧。"李商隐答应了。

遗憾的是，那三日后之约，他却不能成行。因为和他一起赶考的朋友把他的行李带走了："你是去约会还是去赶考？"李商隐选择了赶考，没有达成约会的诺言。

等他再回来找柳枝时，女孩已经嫁人了。李商隐后赋诗感慨："锦鳞与绣羽，水陆有伤残。"

两人一个要追功名，一个家出商贾，一个在水，一个在天，本就是不可能的飞鸟与鱼的关系，可惜可惜。

唐朝科举不遮名，李商隐纵使再有才华，没有家世和权贵为他撑腰，也没什么希望中举。

他连考不第，沮丧到怀疑人生，气得直接跑去济源（今河南济源）玉阳山修道求仙去了。

玉真公主就曾经在玉阳山求仙学道。玉阳山有东西两座山峰。"忆昔谢四骑，学仙玉阳东。"

李商隐在东峰修道，邂逅了一个在西峰修道的女冠，叫宋华阳。宋华阳是随公主入山的侍女，与李商隐有过一段没有善终的故事。

两个人一个在东峰，一个在西峰，隔山相望，相思入骨。李商隐之所以号玉溪生，是因为玉阳山东西两峰间的一条溪流就叫玉溪。两人许是经常在玉溪旁约会也未可知。

李商隐曾写过《月夜重寄宋华阳姊妹》《赠华阳宋真人兼寄清都刘先生》等。后来更是写过《碧城三首》来回忆那段岁月和情感：

星沉海底当窗见，雨过河源隔座看。

若是晓珠明又定，一生长对水晶盘。

这几句写得缱绻异常，互相之间的情意呼之欲出。

又一次遗憾的是，两人的感情于礼不合，被发现后，李商隐被驱逐下山，宋华阳随公主回宫。

"玉轮顾兔初生魄，铁网珊瑚未有枝"这一句，出自屈原的《天问》："夜光何德，死则又育？ 厥利维何，而顾菟在腹？"竟是有暗示女子怀孕的意思。

两人的感情被发现，又被迫分离时，宋华阳可能已经怀孕了，而那个孩子是否出生，结局如何，我们都不得而知了。

令狐楚回京任职后，幕府解散，李商隐便去投靠了自己的远方表叔崔戎。

崔戎时任华州（今陕西渭南）刺史，是个政绩斐然的好官，爱惜李商隐之才，对其提携有加。崔戎文字功夫也很了得，在有了令狐楚的骈文教导后，李商隐又得到崔戎章奏之学的提点。

学成的他像是已经手执利剑，只待上场。他自信，且朝气蓬勃，写下了《牡丹》："我是梦中传彩笔，欲书花叶寄朝云。"满满的，全是对未来美好的期待。我李义山，什么都会有的！

遗憾的是，没过多久，崔戎便暴病而去，李商隐只得再谋出路，又一次踏上科举之路。

第四次科考失败后，李商隐非常沮丧，没少发牢骚：

"鸾皇期一举，燕雀不相饶。"

"伶伦吹裂孤生竹，却为知音不得听。"

又写信给好友令狐绹："足下仕益达，仆困不动。"

你混得越来越好了，而我呢，还是"不知身世自悠悠"呢。

第五次参加科考的时候，主考官高锴是令狐绹的好友，算是开了后门，李商隐在26岁这一年终于进士及第。

《唐才子传》说：

> 高锴知贡举，楚善于锴，奖誉甚力，遂擢进士。

李商隐当然也知道这个中曲折，写信给恩师说："某材非秀异，文谢清华，幸忝科名，皆由奖饰。"真不是因为我才华斐然才中的进士，能有功名不过是你们令狐家的奖饰罢了。

看到这里，我们已经窥到李商隐就算天纵奇才也是一个矛盾的普通人，他的一生都深陷于这种矛盾与挣扎中：一个他是骄傲的追求公正的，一个他却是不得不低眉屈膝的。

令狐楚时任山南西道节度使，得知李商隐进士中第后非常高兴，立刻写信让他来自己幕下。李商隐却决定先回一趟老家向母亲报喜。

就是在他回老家的路上，令狐楚因病去世了。李商隐没能见到恩师最后一面。要说令狐楚有多喜欢李商隐，他留下遗嘱说，他上奏的遗表要李商隐来写，他的墓志铭也要李商隐来写。

李商隐一生只写过两个墓志铭，一个是给恩师令狐楚，一个是给诗友白居易。

白居易暮年时非常喜欢李商隐的诗，曾说若有来世，希望能做这个小自己41岁的年轻人的儿子。白居易去世第二年，李商隐的长子出生，小名便取了"白老"。不过，这是后话了。

令狐楚去世后，令狐绹丁忧三年，无法再提携好兄弟。

与此同时，李商隐被泾原（今甘肃泾川）节度使王茂元赏识，邀请他来自己幕下做事。这几乎就是李商隐人生最大的一个转折点。王茂元是李德裕手下的干将，属于李党。而令狐楚是牛党的骨干人物。

牛李两党势同水火，李商隐受令狐楚之恩，就算自己不是牛党，在恩师尸骨未寒之时选择令狐楚的政敌作为上司，于情于理，都饱受指摘。李商隐不仅去了，还爱上了王茂元的女儿王晏媄。

李商隐一生写了很多首诗都叫《无题》，《全唐诗》便收录了17首。其中一首为：

> 昨夜星辰昨夜风，画楼西畔桂堂东。
> 身无彩凤双飞翼，心有灵犀一点通。
> 隔座送钩春酒暖，分曹射覆蜡灯红。
> 嗟余听鼓应官去，走马兰台类转蓬。

这首诗已经写透了男女邂逅初期暧昧时分的甜蜜和美好。悄悄的不需说，神色淡淡的，但眼睛里已满是浓情。我的目光只随你而动，只盼望你在回眸与我对视的那个稍纵即逝的片刻，我们也能有心有灵犀的那一点通。想念你，也想念昨夜的星辰昨夜的风。

放现在，说李商隐是感性恋爱脑真不为过，但这是他最软弱的一面，也是他最特别的一面。

在王茂元的安排下，名门闺秀王晏媄下嫁寒门才子李商隐。婚后李商隐对妻子非常满意，又写了一首《无题》：

照梁初有情，出水旧知名。

裙衩芙蓉小，钗茸翡翠轻。

来赞美王晏媄的美貌和妆容穿搭。

在李商隐人逢喜事精神爽的时候，他旧日的朋友令狐绹在得知他做了王茂元家的女婿后，悲愤至极。

令狐绹觉得令狐家被李商隐背叛了，这不能被原谅。李商隐之后便被世人诟病其"背牛就李"。

第二年，李商隐回长安参加制举考试，榜上本有名，却被涂去，理由是："此人不堪。"

而《旧唐书》对他的评价更是扎心：

俱无持操，恃才诡激，为当涂者所薄，名宦不进，坎壈终身。

《旧唐书》的这一句话便写出了李商隐的一生，只不过彼时的他还并不能预见他之后会遭遇的一切。

但要说他"俱无持操"倒也不对，李商隐有他刚直的一面。他在令狐楚幕下时结识了刘蕡。刘蕡大他十几岁，刚肠疾恶，进士及第后又考贤良方正科，考试的时候就秉笔直书，主张除掉宦官，考官赞赏他的策论，但不敢授以官职，后来只能做他人的幕下宾，终被宦官所害，客死他乡。

李商隐写了《哭刘蕡》《哭刘司户蕡》等诗来表达对刘蕡的哀痛和歌颂，以及对宦官的愤怒。

甘露之变后，宦官势大，这不是谁都敢做的。

他也写过很多讽喻诗，用来讽刺当朝皇帝对长生的执念。

比如《贾生》："可怜夜半虚前席，不问苍生问鬼神。"

比如《瑶池》："八骏日行三万里，穆王何事不重来？"

士以天下为己任。笃志儒教的父亲李嗣大概就是这样教导年幼的李商隐的。所以，他在中举后，便写下《行次西郊作一百韵》："敢问下执事，今谁掌其权？""疮痍几十载，不敢抉其根。"他是忧国忧民，有为天下人的抱负的。所以，他才在之后一次次地被官场政治毒打后，却依然学不会如刘禹锡那样通透，如白居易那样自保，如元稹那样激进，如杜牧那样自洽。

他读书入仕，不是为牛党，也不是为李党，是为天下人。这让他和杜牧一样，两边的人都无法信任他重用他。错了，他的境遇远不如杜牧。牛李两党都喜欢杜牧，却都不齿李商隐。

制举落第，愤懑的李商隐回到泾原，写下了《安定城楼》，留下了千古名句："永忆江湖归白发，欲回天地入扁舟。"

我并非想要在这纷纷扰扰的红尘间争抢，我也如商山四皓那般"渴然有农夫望岁之志"，但现在的我正青春，我要先做出一番事业，我要先达成我的志向。等到我没有斗志了，满头白发的时候，才是我归隐之时。

好在岳父王茂元还有势力，又一年的制举考试，李商隐通过了，授秘书省校书郎。但他"声名"在外，长安难有立足之地，很快就被贬为弘农（今河南灵宝）县尉。

在弘农县尉职上，李商隐又因替死囚申冤得罪了上司，没少挨小鞋穿。李商隐气得不干了，写下《任弘农尉献州刺史乞假归京》："却羡卞和双刖足，一生无复没阶趋。"呸呸呸，你们有眼无珠，居然不识和氏璧！我宁愿像卞和那样被砍去双脚，也不要对你们曲意逢迎！

辞去弘农县尉后，李商隐以书判拔萃复入秘书省做正字。这虽然是个小官，但却是李商隐一生离权力核心最近的时候。

当时李德裕执政，李党正辉煌，岳父正强，李商隐升迁之路似乎就在眼前。但天不遂人愿，母亲的突然离世让李商隐还没把板凳坐热就不得不回家丁忧，他失去了留在长安的最后的机会。

等丁忧期满，岳父去世，武宗驾崩，宣宗即位，李党下台牛党掌权，李商隐的仕途之路几乎被堵死了。

李商隐写下《春日寄怀》：

> 世间荣落重逡巡，我独丘园坐四春。
> 纵使有花兼有月，可堪无酒又无人。
> 青袍似草年年定，白发如丝日日新。
> 欲逐风波千万里，未知何路到龙津。

四年，一切都变了。

牛党上台后开始清洗朝中李党，李商隐接受了被外调贬谪的李党成员郑亚的邀请，随他一起去桂林做幕僚。在桂林不到一年，郑亚又被贬，幕府解散，李商隐失业了。

回到长安后，李商隐穷困潦倒，不得不低下骄傲的头颅，去找已经官至考功郎中知制诰的旧友令狐绹。在吃了一次又一次闭门羹之后，李商隐在令狐绹家的墙上题下了一首《九日》：

> 曾共山翁把酒时，霜天白菊绕阶墀。
>
> 十年泉下无消息，九日樽前有所思。
>
> 不学汉臣栽苜蓿，空教楚客咏江蓠。
>
> 郎君官贵施行马，东阁无因再得窥。

以前我们和老师一起喝酒，白霜铺地，白菊绕阶，那是多么好的日子。如今老师已经仙去10年，你也已经发达了，当上了好大的官儿，可你为什么不能像你爹一样爱才举贤重视我呢？

传说令狐绹回家看到这首诗后，气得要把墙皮都铲去。但又因为诗里有一个"楚"字犯了父亲的名讳才作罢。只得锁了那间屋子，再也不用。

李商隐终于谋得了一个职位，盩厔县县尉。10年前，他是弘农县县尉，如今，当年和他一起入朝为官的同期们早已各有出路，前程似锦，而自己，竟是在原地踏步。

县尉没做多久，李商隐又被调回京城，做掌管文书的小官。只不过此时的他已经看清了自己的前途渺茫，没有希望，于是再次辞官，接受武宁军节度使卢弘正的邀请，前往徐州，做他的幕僚。

科考作弊小王子温庭筠当时也在卢弘正幕下，温李就是在那时结识的。卢弘正很欣赏李商隐，且是个大有前途的好官，李商隐跟着他，还是有希望再次入仕的。但到徐州不过一年，卢弘正竟因病去世，李商隐又一次失业了。就在他回家的路上，又接到消息，他的发妻王晏媄也因病去世了，临终却没有等到见他最后一面。

晴天霹雳！那首他在徐州写的无题诗都不知有没有给妻子看过：

> 相见时难别亦难，东风无力百花残。
> 春蚕到死丝方尽，蜡炬成灰泪始干。
> 晓镜但愁云鬓改，夜吟应觉月光寒。
> 蓬山此去无多路，青鸟殷勤为探看。

李商隐与王晏媄虽然非常恩爱，但聚少离多。李商隐一直潦倒入远方幕府，王晏媄便带着孩子住在娘家。

王晏媄是李商隐人生中的最后一抹微光，温暖他，照耀他，在他踽踽独行的路上陪伴他，而他对她却只有深深的依恋和歉意。

可这最后一抹微光也淡去了，可想而知，李商隐会陷入怎样的孤独和痛苦："忆得前年春，未语含悲辛。归来已不见，锦瑟长于人。"

王晏媄下葬后的那个九月，李商隐接受东川节度使柳仲郢的邀请，前往蜀地梓州（今四川三台），离开了那个伤心之地。这一去就是四年。这是李商隐职场生涯中最平淡的四年，也是他最郁郁寡欢的四年。他，闯不动了。

就是这段时间，他写了《夜雨寄北》：

> 君问归期未有期，巴山夜雨涨秋池。
> 何当共剪西窗烛，却话巴山夜雨时。

他想起了妻子以前总写信问他，什么时候回来，如今再也不会有这样的信寄来。他一个人无眠到可以看那夜雨涨满秋池，思念着那个已经逝去的人，渴望再发生一次不可能发生的片段。

比如无题诗《飒飒》：

> 飒飒东风细雨来，芙蓉塘外有轻雷。
> 金蟾啮锁烧香入，玉虎牵丝汲井回。
> 贾氏窥帘韩掾少，宓妃留枕魏王才。
> 春心莫共花争发，一寸相思一寸灰。

这首诗初看写的是追求爱情却幻灭的女子的故事，但更有可能是李商隐借女子的哀思来自比。求爱就是求仕，而求仕的路上，每一次希望都化为失望的悲哀的灰烬，就如求而不得的每一寸相思都化为每一寸绝望的灰烬那般。

柳仲郢看他每天郁郁，还曾送歌姬给他，但他拒绝了，他说："虽有涉于篇什，实不接于风流。"

我虽然很擅长写爱情，但我离风流差老远了，我是个老实人。

在他的《樊南乙集序》里说：

> 三年已来，丧失家道。平居忽忽不乐，始克意事佛。方愿打钟扫地，为清凉山行者。

太痛苦了，不知道怎么解脱，于是一心向佛。

又写有《送臻师》：

> 苦海迷途去未因，东方过此几微尘。
>
> 何当百亿莲花上，一一莲花见佛身。

人活着就如苦海泛舟，不知从何处来，到何处去，三千世界也不过是三千微尘，什么时候才能得到救赎与解脱呢？

四年后，柳仲郢调任回京，给李商隐安排了个盐铁推官的工作，官阶低但待遇丰厚。李商隐在任上兢兢业业做了两年，便回到故乡闲居。那时的他虽然只有四十多岁，但身体和精神都已经很差了。

在半生的渴望与失望间徘徊那么久，"虚负凌云万丈才，一生襟抱未曾开"的李商隐终于回归了田园生活。

他写下《乐游原》：

> 向晚意不适，驱车登古原。
>
> 夕阳无限好，只是近黄昏。

我老了，努力了一生，扑腾了一世，但夕阳还是那个无限好的夕阳，大唐还是这个糟透了的大唐，所以，是我的问题吧，我始终不太适应这个诡谲复杂不可控的世界。

闲居一年后，李商隐死于郑州，时年46岁。他的儿子在收拾他遗物的时候，发现了他留给这个世界的最后一首无题诗《锦瑟》：

锦瑟无端五十弦，一弦一柱思华年。

庄生晓梦迷蝴蝶，望帝春心托杜鹃。

沧海月明珠有泪，蓝田日暖玉生烟。

此情可待成追忆，只是当时已惘然。

李商隐是用典之王，他的诗大多难懂，元好问曾说："诗家总爱西昆好，独恨无人作郑笺。"

没有人敢为李商隐的诗作注，因为没有人笃定，只能靠猜。

"一首《锦瑟》解人难"，这首诗到底是写给谁的，表达了什么深意，一直以来都众说纷纭。但说到底，我觉得更像是李商隐在垂死之际与生命、与感情、与自己所达成的一场和解。他理解了"无端"，理解了时间，理解了"庄生晓梦"般令人迷惑却一切皆有可能的世界，理解了"望帝"啼血般的悔恨和执着，理解了这个虽糟糕但也有美好的人间，理解了每一份感情，也理解了那个当时惘然此刻通透的自己。

他终于可以摆脱掉那个困了自己一生的无形的无题的无解的网了。

柳永：风月场男神

赵匡胤是个特别聪明又爱琢磨事儿的人，陈桥兵变兵不血刃，又靠表演艺术杯酒释了兵权。

江山稳固后，他又琢磨，五代十国这么些个皇帝，没有传承很久的，为啥呢？

因为武将专横专权，谁有兵谁就牛，一不小心就把皇帝端了自己来做了。

我老赵不也是这么上来的吗？

我们盛世新王朝可不能这样。相比起来，文官对皇位的威胁就很小。文官也读兵书，文官也能带兵，并且文官被规训得好，思想包袱重，威胁小。还是文官好，要大力提拔文官。这就是大宋以文治天下的开端。

重文抑武的大宋，打仗真不行，没少挨欺负，虽说看起来很屌，但却是中国封建历史上人民相对富庶，商业最发达，文化最开明的朝代。

柳永出生在宋太宗赵光义在位初期。他爷爷柳崇培养了包括他爹在内的6个进士，是乡里乡间有名的"一门六进士"的世宦人家。

柳永的父亲柳宜是南唐旧臣，官至监察御史。南唐后主李煜还挺看中他，而被历史的洪流裹挟到赵宋王朝后，柳宜依然有官做，还连升了四次，为官之路颇为通达。

柳宜给儿子起名字很特别，柳永本不叫柳永，他叫柳三变。

他的两个哥哥，一个叫柳三复，一个叫柳三接。

三复来自《论语》：

南容三复白圭，孔子以其兄之子妻之。

就是读书要读三遍的意思。

三接出自《易经》：

晋，康侯用锡马蕃庶，昼日三接。

心气比他哥高，皇帝一天要接见三次的意思。

三变也出自《论语》：

君子有三变：望之俨然，即之也温，听其言也厉。

境界颇为高深。

三变字景庄，在族内排行老七，更多的时候他自称柳七。他从小跟着父亲天南地北地跑，柳宜去哪儿做官，他便跟到哪儿。

大概在他13岁那年，58岁的柳宜因常年仕居在外，便托弟弟把自己的一张画像带回家乡，以解老母的相思之苦，柳七便随叔叔第一次回了老家武夷山。

每个盛世王朝的初期，总会有一些神童出现。

比如唐初的王勃、骆宾王，宋初的杨亿、晏殊。晏殊14岁被张知白举荐直接参加殿试，惊呆了宋真宗，被赐同进士出身，之后深受真宗、仁宗两代君主的宠爱。其实柳七也算神童。

他老家的《建宁府志》，记载了他小小年纪便写出的《劝学文》：

> 父母养其子而不教，是不爱其子也。虽教而不严，是亦不爱其子也。父母教而不学，是子不爱其身也。虽学而不勤，是亦不爱其身也。是故养子必教，教则必严；严则必勤，勤则必成。学，则庶人之子为公卿；不学，则公卿之子为庶人。

哎呀，不得了，看看这个思想觉悟，妥妥的就是别人家的孩子啊。这与宋初崇文抑武的政治方针一致，非常符合时代特色。

宋真宗也写过《劝学诗》，书中自有黄金屋，书中自有颜如玉，就出自于此。所以整个大宋，读书科举是时代的潮流，进士远比现在的明星还要耀眼。

柳七18岁便作词《巫山一段云》：

> 六六真游洞，三三物外天。
> 九班麟稳破非烟。何处按云轩。
> 昨夜麻姑陪宴。又话蓬莱清浅。
> 几回山脚弄云涛。仿佛见金鳌。

《巫山一段云》一共写了五首。趣味盎然，想象奇诡，虽是一个半大孩子对神仙的想象，但又飘飘有凌云之意。

从《劝学文》和《巫山一段云五首》，我们不难发现柳七的少年时期，是既自律又自由的。这种自律和自由便是他一生的写照了。一边是行走于风月场不羁放纵爱自由，一边却又吭哧吭哧非要考取个功名才罢休。

19岁之前，柳七娶亲了。虽是父母包办的媒妁婚姻，但他对妻子也是比较满意。小两口伉俪情深，不久就有了儿子。但老婆孩子热炕头还没多久，柳七就响应时代的号召和哥哥一起，要远赴汴京（今河南开封）参加三年一次的礼部考试了。

新婚不久就要分别，妻子自然依依不舍。她并不知道，这个后来良心发现为她写出"系我一生心，负你千行泪"的夫君，离开了家乡就像脱缰的野马一般不受控制了，恣意地为她奔跑出了一片绿油油的青青大草原。

从福建一路北上，要经过杭州，初涉红尘的柳七被花花世界迷了眼，考试的事完全抛在了脑后。他哥哥拽也拽不动他，就由着他去了。柳七先后在杭州、扬州、苏州游冶，每日就是出入秦楼楚馆，环绕莺莺燕燕，流连在温柔乡里。

词又被认为是诗之余，有"诗庄词媚"之说，词原本就是写男女小情小爱的。所以人家柳七写风花雪月本就没什么可指摘的。从晚唐到五代十国的词多为小令，慢词长调很少。

柳七丰富了词的类型，他精通音律，乐感极佳，所以即便是作长调、慢词也手到擒来。所以才有了王国维先生后来说的："诗之境阔，词之言长。"宋词词牌名也就千余，但柳七独创就有上百，比如《望海潮》《满江红》《八声甘州》《戚氏》《永遇乐》等。

一首《蝶恋花》让他名声大噪：

> 伫倚危楼风细细，望极春愁，黯黯生天际。草色烟光残照里，无言谁会凭阑意？
>
> 拟把疏狂图一醉，对酒当歌，强乐还无味。衣带渐宽终不悔，为伊消得人憔悴。

叶梦得《避暑录话》记载：

> 柳永为举子时，多游狭邪，善为歌辞。教坊乐工每得新腔，必求永为辞，始行于世，于是声传一时。余仕丹徒，尝见一西夏归朝官云："凡有井水处，即能歌柳词。"

他可太火了，只要是他写的词，唱一个红一个，在乐坊歌伎间那是一词难求。在歌伎眼里，柳七是妥妥的男神。有后人作戏言称，歌伎间心照不宣的是：

不愿穿绫罗，愿依柳七哥；不愿君王召，愿得柳七叫；不愿千黄金，愿得柳七心；不愿神仙见，愿识柳七面。

在杭州，柳七也干了正事，他还写了一篇《望海潮》：

东南形胜，三吴都会，钱塘自古繁华。烟柳画桥，风帘翠幕，参差十万人家。云树绕堤沙，怒涛卷霜雪，天堑无涯。市列珠玑，户盈罗绮，竞豪奢。

重湖叠巘清嘉，有三秋桂子，十里荷花。羌管弄晴，菱歌泛夜，嬉嬉钓叟莲娃。千骑拥高牙，乘醉听箫鼓，吟赏烟霞。异日图将好景，归去凤池夸。

这篇词算是柳七的干谒文。他想把这篇文章给当时的杭州知州孙何看看。但他不认识孙何，怎么办呢？

孙知杭州，门禁甚严，耆卿欲见之不得，作《望海潮》词，往谒名妓楚楚曰："欲见孙相，恨无门路。若因府会，愿借朱唇歌于孙相公之前。若问谁为此词，但说柳七。"中秋府会，楚楚宛转歌之，孙即日迎耆卿预坐。

叫楚楚的歌伎唱完这首词，孙何被惊呆，立刻约见作者柳七，结为忘年之交。这首词写得好啊，好到什么程度呢，后人评价："承平气象，形容曲尽。"

更有传言说，金主完颜亮后来看到这篇词，被杭州"三秋桂子，十里荷花"的盛世繁华所吸引，便立志一定要去看看，不仅自己看，还要带着兵看。

柳七二十五六岁时，终于前往汴京，参加了春闱。考前，这个被乐坊歌伎宠坏了的才子写了一首《长寿乐》，说：

> 对天颜咫尺，定然魁甲登高第。等恁时，等著回来贺喜。

我肯定考上，还考个第一。可惜，写惯了坊间词，再参加科考，那文风应该不太容易一下就扭转过来。

真宗下诏："属辞浮靡者，皆严谴之！"

柳七落第了。落第也就落第，他不服，又写了一首《鹤冲天》：

> 黄金榜上，偶失龙头望。明代暂遗贤，如何向。未遂风云便，争不恣游狂荡。何须论得丧？才子词人，自是白衣卿相。
>
> 烟花巷陌，依约丹青屏障。幸有意中人，堪寻访。且恁偎红倚翠，风流事，平生畅。青春都一饷。忍把浮名，换了

浅斟低唱。

划重点：（1）我是鹤立鸡群，这次是失误。（2）政治虽然清明，但考官有眼无珠，这叫遗贤。（3）就算考不上，我自封白衣卿相。（4）我考场失意但情场得意啊，我还有意中人可以找，你们这些考中的有吗？（5）趁青春，偎红倚翠不好吗？官场上那些浮名真不如我这浅斟低唱。

这首词火啊，大江南北传唱，火了好多年，火到柳七下一次和下下一次和下下下一次参加科举的时候。

科举不第，家乡又传来消息，妻子病故了。柳七一下如梦中惊醒，他为那么多的心娘、佳娘、酥娘、英英、秀香都写过词，可她们是旅人，不是他的归途。

如今终于要为妻子写词，却已经天人永隔。他写下《秋蕊香引》：

> 留不得。光阴催促，奈芳兰歇，好花谢，惟顷刻。彩云易散琉璃脆，验前事端的。
> 风月夜，几处前踪旧迹。忍思忆。这回望断，永作终天隔。向仙岛，归冥路，两无消息。

双重打击让柳七不想再留在汴京了。在一个宿醉后的秋日早晨，他要离开，有相好的歌伎送他。人在痛苦的时候，最容易写出经典，于是一首《雨霖铃》在柳七口中诞生了：

寒蝉凄切，对长亭晚，骤雨初歇。都门帐饮无绪，留恋处兰舟催发。执手相看泪眼，竟无语凝噎。念去去，千里烟波，暮霭沉沉楚天阔。

　　多情自古伤离别，更那堪，冷落清秋节！今宵酒醒何处？杨柳岸晓风残月。此去经年，应是良辰好景虚设。便纵有千种风情，更与何人说！

　　柳七是矛盾的，他不想走，但也不想留。他渴望功名，但又做出无所谓的样子。回老家待了一段时间，他又北上江南，继续过他才子词人、白衣卿相的日子。

　　又一次科举，他考上了。遗憾的是，他的那首《鹤冲天》太有名了，少年仁宗也听过，在榜单看到柳三变的名字后，一笔抹去："且去浅斟低唱，何要浮名！"

　　柳七得知后，想来很是萎靡了一段时间，但人重要的是学会自洽，既然官家让我浅斟低唱了，那我柳七岂不就是奉旨填词？也算妙哉！

　　他一边继续在秦楼楚馆间游荡写词换薪，接受歌伎的资助，一边又不遗余力地像打不死的小强那般参加了两次科考。不出意外的，两次他都落第了。官家都发话了，谁敢录他？

　　他最要好的一个歌伎名叫虫虫，柳七曾多次在自己的词里提到她。

　　比如："虫娘举措皆温润，每到婆娑偏恃俊。"

比如："但愿我虫虫心下，把人看待，长似初相识。"

两人有意共度终生，但柳七太穷，身为一介布衣无法为她赎身，这段感情只能遗憾而终。

时光如白驹过隙，少年郎已经年逾半百，无半点功名，无亲人等候，身体也不太好。有那么一段时间，柳七厌倦了偎红倚翠，做了一回"西征客"去了唐旧都长安，写下了数首《少年游》：

> 长安古道马迟迟，高柳乱蝉嘶。夕阳岛外，秋风原上，
> 目断四天垂。
> 归云一去无踪迹，何处是前期？狎兴生疏，酒徒萧索，
> 不似少年时。

在游历了渭南之后，又写下那首被苏东坡赞誉"不减唐人高处"的《八声甘州》：

> 对潇潇暮雨洒江天，一番洗清秋。渐霜风凄紧，关河冷
> 落，残照当楼。是处红衰翠减，苒苒物华休。唯有长江水，
> 无语东流。
> 不忍登高临远，望故乡渺邈，归思难收。叹年来踪迹，
> 何事苦淹留。想佳人、妆楼颙望，误几回、天际识归舟。争
> 知我、倚阑干处，正恁凝愁！

学而优则仕，是他少年的梦想，奈何半生漂泊，望故乡渺邈，想

回却如何回？他已经不再是那个写出《劝学文》的少年了，他是个名声太盛却为文人士大夫所不齿的失败者。他回不去了。

一直到他51岁那年，仁宗终于把权力从垂帘听政了10年的皇太后刘娥那里捞回来，特开恩科，对历届科场沉沦之士的录取放宽尺度。

柳七得知后，立刻赶往汴京，参加了考试。这次他特意改了名字，三变三变，以后不变了，叫永。从此，行走在风月场大半生的柳七成了柳永。连字也换了，改为耆卿。这次，进士及第了，与他一起及第的还有他哥哥柳三接。

苍天有眼，爹，你可知道我一直不第是因为你名字取得不好吗？51岁的柳永老泪纵横，我柳七做到了，我入仕了，我要当官了。

柳永被授睦州团练推官，官虽然不大，但好歹是吃皇粮的人了，身份地位不一样了。前往睦州的时候，路过苏州，柳永还去拜谒了正知苏州的大宋第一完人范仲淹。

柳大人在任上兢兢业业干了三四年，换工作了，余杭县令。余杭县令做得好啊，政治清明，勤政爱民，深受百姓爱戴。县令做了两年，又换工作了，做盐监，为民发声，写了《鬻海歌》："鬻海之民何苦辛，安得母富子不贫。"

后又调任泗州（今江苏盱眙）判官。柳永就不高兴了，在基层干了9年了，政绩不错啊，就是不让我回京是吗？柳永"久困选调"，写了一首《安公子》："游宦成羁旅。"我都60岁了，你们欺负老年人！我要申诉，我要改官！

据说，柳永在汴京的时候，因为想调任还曾经找过比自己年纪小几岁的晏殊。晏殊当时已经贵为宰相，不知这两位有过什么样的交谈，大抵是太平宰相看不上白衣卿相，最后不欢而散。

王国维在《人间词话》中曾说过读书的三个境界，这两位的《蝶恋花》占了前两个境界。

第一个境界来自晏殊："昨夜西风凋碧树，独上高楼，望尽天涯路。"

第二个境界来自柳永："衣带渐宽终不悔，为伊消得人憔悴。"

站得高才能看得远，才能知道自己想要的到底是什么，然后再对认准的目标孜孜以求，废寝忘食，且不后悔。

遗憾的是，明明是在同一个时空下的两位耀眼巨星，却又是一对道不同不相为谋，只相交过一刹又渐行渐远的陌生人。

据说有个姓史的大人，很喜欢柳永，怜其潦倒，因仁宗要过生日，便请柳永写一首贺寿词荐之仁宗。柳永便写了一首《醉蓬莱》。

> 比进呈，上见首有"渐"字，色若不悦。读至"宸游凤辇何处"，乃与御制真宗挽词暗合，上惨然。又读至"太液波翻"，曰："何不言波澄？"乃掷之于地。永自此不复进用。

柳永大概和姓赵的八字不合，累死累活写了一篇贺寿词恭恭敬敬承上，对方给了一个白眼，并拉黑了他。改官失败。

直至范仲淹颁行庆历新政，重订官员磨勘之法，柳永才总算换了工作，授著作佐郎，几年后又改著作郎。70岁的时候，柳永是以屯田员外郎的官职致仕的。之后他定居润州（今江苏镇江），三年后，与世长辞。

坊间传闻，柳永死后，因为穷困潦倒，亲人都不在身边，无人替他安葬，是歌伎们凑钱安葬了他，并相约每年去他坟上祭扫，称之"吊柳七"或者"吊柳会"。只不过这个坊间传闻是后人怜其才痴，所作一个温柔的附会罢了。

《镇江府志》记录，柳永死后棺木一直放在寺庙无人安葬，直至20年后，王安石的弟弟王安礼任润州知州的时候，才出钱把他葬在了北固山，并由柳永的侄子写了墓志铭。

一个时代的符号，就这样终于得以安眠。

范仲淹：天地间气，第一流人物

北宋初年，一个年轻人坐在了算命先生的摊前算卦：

"可能为良相？"

签曰："不能。"

"可能为良医？"年轻人没有气馁，又求了一签。

签曰："也不能。"

年轻人付钱走人，边走边想："不准，一点都不准。"

年轻人想得没错，那签不仅不准，还谬到家了。

这位年轻人后来不仅成了良相，官家赐的谥号是被司马光说"文是道德博闻，正是靖共其位，谥之极美，无以复加"的文正，还被后人称为大宋乃至古今第一完人，他就是范仲淹。

只不过求签的时候他还不叫范仲淹，他叫朱说。

他亲生父亲范墉在他刚出生不久就亡故了，他母亲为生活所迫只得带着两岁的他改嫁了时任平江府（今江苏苏州）推官的长山朱氏朱文翰。两人都是二婚。

朱文翰待他如己出，亲自教授其读书作文，母亲谢氏为了他的健康成长也对他的身世有所隐瞒。

直到他23岁那年，因为劝说朱氏族里的两位堂兄不要过于浪费，被指责："我们花我们朱家的钱关你什么事？"

范仲淹才如梦初醒般回家问母亲。母亲将他的身世和盘托出，真相如晴天霹雳，让他无地自容：我是谁？我在哪儿？我在干什么？

于是便血脉觉醒，头铁地离家出走了，朱家的钱也不花了，要自立门户。

范仲淹一个人就跑去应天府求学了。应天府就是现在的河南商丘，北宋时期的南京。

为什么去应天府求学？

因为那里有当时最好的教育机构应天书院，庆历年间更名为南京国子监，是北宋最高学府。

欧阳修后来说起这件事：

> 知其世家，感泣去之南都。入学舍，扫一室，昼夜讲诵，其起居饮食，人所不堪，而公自刻益苦。

学得很苦，就是牺牲睡觉时间的那种苦。四年间都是和衣而卧，困了就以水洗面，无论寒暑。

没钱，吃得也很苦。有个成语叫"划粥为齑"就是说的他每天晚上煮粥二升，早上粥凝结成块，便划为四块，早晚各取两块配咸菜吃。

范仲淹还苦中作乐写了一首《齑赋》：

陶家瓮内，腌成碧绿青黄，措大口中，嚼出宫商角徵。

有人钦佩他用功又清苦，带了好吃的请他，他却不动一箸，饭菜都放坏了。那人很生气，觉得他不识好歹。

他说："非不感厚意，盖食粥安之已久，今遽享盛馔，后日岂能复啖此粥乎！"

哥们儿，由俭入奢易，由奢入俭难，你要是天天给我送好吃的我也就不说啥了，你就送这一次，我以后怎么心平气和地吃粥？

还有一次，真宗出巡来到应天府，同窗们都跑出去要一睹真龙风采，只有他一动不动。

同窗问他，怎么不去，你不想见见官家什么样子吗？他气定神闲地说："以后再见也不迟。"

天道酬勤，四年后，他以朱说的名字进士及第以报答继父的养育之恩。又过了几年才上表朝廷要认祖归宗，改名范仲淹。但认祖归宗并不顺畅，老范家不认他，他只得再三表明，我不和你们争家产，才被勉强接受。

据说范仲淹这个名字是他自己取的。仲淹这个名字是取自他的偶像，被誉为"文中子"的儒学大咖王通。

王通字仲淹。他以偶像的字做了自己的名，刚好他老范家到他这一辈是仲字辈（他有个异母哥哥叫范仲温），简直完美。又取"文中子"的文，加上希望的希字，便是他的字，希文。

他希望自己能如偶像那样，做一个真正的儒学大家，贯彻儒道，修身、齐家、治国、平天下。

范仲淹中进士的时候，大宋已经有榜下捉婿一说。比如欧阳修就是被他老丈人直接抓去做女婿的。但范仲淹没有被捉的机会，因为他在上进士榜单之前就被"预订"了。还在应天书院读书的时候，他的好友是太宗年间任宰相的李昌龄的儿子李弘。在李弘的引荐下，范仲淹结识了时任太子中舍的李昌言，立刻被相中，把长女嫁给了他。李氏为范仲淹诞下三子，夫唱妇随，举案齐眉，伉俪情深。

范仲淹的第一份工作是广德军（今安徽广德）司理参军，主要做刑事案件的讼狱。他每个案件都要仔细地过，连已经审过的案件都不放过，于是又平反了许多冤假错案。

那上司不高兴啊，你现在平反案件，不就是打我的脸吗？范仲淹不为所动，继续搞。他太认真了，住处的屏风都被他写满了各个案件细节，不觉间开发了思维导图。

工作做得好，升官为文林郎、集庆军（今安徽亳州）节度推官。后又调任泰州西溪（今江苏东台）盐仓监，负责监督淮盐贮运及转销。

泰州西溪濒临黄海之滨，旧海堤还是唐时修建，因年久失修，多处溃决，海潮倒灌，淹没良田、毁坏盐灶，百姓深受其苦。这本不在他职责范围之内，但他心系百姓，上书江淮漕运张纶，痛陈海堤利害，建议沿海筑堤，重修捍海堰。有人骂他越职言事，范仲淹不管，一书不够又上一书。

几经波折，仁宗授其兴化（今江苏泰州）县令，让他主持修堰的事。他兢兢业业，废寝忘食，堤修到一半，母亲亡故，只得回家丁忧。但半途而废一走了之不是他的风格，便上奏朝廷，力荐张纶继续主持工程。

后海堤筑成，当地为张纶修生祠，皇上的嘉奖中也没有范仲淹的名字，他却毫不在意。不过百姓记得，明代以后，后人把这堤取名范公堤。

母亲如何安葬是个难题。范仲淹已经归宗复姓，母亲与继父合葬不合适，与生父合葬也不合适。他干脆在洛阳万安山下选了一块墓地，作为范氏新的宗族墓地，把母亲葬在了那里。至此，他终于凭一己之力实现了自立门户。

范仲淹在应天府为母守丧时，晏殊因忤逆垂帘听政的刘太后被贬出京，知应天府，大力兴学，自己也在应天书院带学生。

晏殊听闻优秀毕业生范仲淹也在应天，便把他请来做教席了。命运的齿轮开始转动。范老师干一行爱一行，宵衣旰食，俯首甘为孺子牛，以才华、勤勉、气度还有兼济天下的赤子之心征服了所有人。

宋朝学子畅谈时政各抒己见就是从范仲淹执教应天书院开始的。范仲淹鼓励学子畅言天下弊病，纵论改革方法，为大宋培养优秀人才。有个叫孙复的穷学生，因为没钱读书准备辍学，他出钱资助。孙复后来成为研究"春秋学"的儒学大咖。

他在《南京书院提名记》一文中，写下："聚学为海，则九河我吞，百谷我尊；淬词为锋，则浮云我决，良玉我切。"他相信读书的力量。

他虽处江湖之远也在忧君，又写了一篇《上执政书》，提出"固邦本，厚民力，重名器，备戎狄，杜奸雄，明国听"六主张，"不以一心之戚，而忘天下之忧"。他相信自己的力量。

晏殊回朝后便向仁宗推荐范仲淹。范仲淹丁忧期满，便回到汴京，任秘阁校理。晏殊虽比范仲淹还小两岁，但范仲淹对晏殊一生都执师生礼，来报答他的知遇之恩。

当时仁宗已年满19，但太后刘娥并无还政之意。

刘太后寿辰时，仁宗要带领百官向刘娥行跪拜礼。

范仲淹一看，这怎么行？皇帝你孝顺你回后宫孝顺去，磕多少头随你喜欢，你带领百官给你养母叩头这像什么话？你这是"亏君体，损主威"啊！一般人也就想想，谁敢说啊？但他这么想就这么说，把大伙儿都吓得够呛，包括仁宗在内都自行选择忽视，没人搭理他。

范仲淹一看自己被忽视了，又奏一本，直接上奏给刘太后：太后娘娘，官家春秋已盛，成年人了，有完全的民事行为能力了，您辛苦了那么久，可以还政了。"握乾纲而归坤纽，非黄裳之吉象也。"您就哪儿舒服哪儿待着好好养老不行吗？

这一番操作，可把刘娥气坏了，也把晏殊吓坏了。这么毫无顾忌有啥说啥，虽然说得也没错吧，但得罪的是最有权力的人啊，获罪不说，还很有可能牵连到他这个举荐人身上。晏殊心里苦，把范仲淹叫过去一顿修理："你怎么能这样呢？你这是狂妄邀名！"

范仲淹头铁，写了一封公开信《上资政晏侍郎书》。大概意思是：

身为人臣，有的人只为俸禄做犬儒，有的人奉行儒道只为生民立命。我老范为官要对得起我拿的俸禄。您举荐我不就是因为我发必危言，立必危行吗？我要是什么都不做，逊言逊行才是丢您的脸。您要是喜欢那种少言少过自全之士，又何必举荐我呢？

晏殊看罢，觉得老范说得对，自己这思想觉悟确实不如他。

之后，范仲淹自请离京，做河中府（今山西永济）通判，后改任陈州（今河南周口）通判。

又一次处江湖之远了，但还是写奏折上奏章：那个要修什么宫是吗？大兴土木，劳民伤财，建议别修了。宋祁提的那个三冗您看了吧，冗官确实很严重啊，建议精简。把职田取消？没有了职田官禄只够喝西北风，很容易廉者自浊啊，都去贪污腐败了还了得，建议不要取消……

上了一封又一封，没有人搭理他，但他却被年轻的仁宗注意到了。

明道二年（1033年），刘娥去世，仁宗终于得以亲政，立刻把他叫了回来，授右司谏，上可以讽谏君主，下可以监督百官。

刘娥去世后，又有好事者揣度上意，要开刘娥的批斗大会。范仲淹立刻叫停，刘太后在位期间颁布了很多利国利民的政策，并且对仁宗有教养之恩，不能人家活着的时候害怕她，死了却过来泼脏水，建议掩其过失全其美德，被仁宗采纳。

范大人就是这样就事论事地只站对，不站队，底层逻辑十分优秀。刘娥泉下有知，估计都不敢相信。

就在这时，范仲淹收到洛阳粉丝来信："偶像，你现在的右司谏职位特别适合骂人。以后多骂点儿，不骂你就不是我偶像。"

粉丝名叫欧阳修，当时在洛阳和尹洙、梅尧臣、苏舜钦等文学爱好者正交流古文复兴运动。

那年七月天下大旱，蝗灾蔓延。范仲淹奏请朝廷派人视察灾情，一次又一次没有下文。范仲淹急了，跑去问仁宗：要不然您这半天别吃饭了。您饿饿看感觉一下怎么样？

仁宗惊了：你说啥？范仲淹便把旱灾蝗灾的事儿又跟仁宗说了一遍，仁宗拍拍脑门：我把这事儿忘了。范仲淹自请去赈灾，仁宗允了。

范仲淹开仓济民，安抚民众，任务完成却心里不舒服。民为贵，君为轻，社稷次之。可百姓过的什么日子？范仲淹回汴京的时候还带着草，请官家尝尝，还要官家带给后宫妃嫔们也尝尝。

仁宗说："这草能吃吗？"

"能吃。您灾区的子民没有饭吃，就是靠这些果腹的！民于饥年艰食如此，国家若不节俭，生灵何以昭苏！"

仁宗之所以谥号仁，是因为他真的很仁慈，范仲淹一点不给他面子，他也忍了。回去后就从自己开始把每日食材减半。传说他有一次想吃羊肉却不敢说，因为他怕他说自己喜欢吃羊肉后，宫里每天都会宰杀一只羊，太浪费了。

仁宗的发妻郭皇后是刘娥定的，仁宗并不喜欢。刘娥在世的时候，仁宗过得很压抑。刘娥去世后，仁宗有点儿想放飞自我了，宠爱杨、尚两位美人，惹得郭皇后争风吃醋。在郭皇后武力教训尚美人的时候，仁宗乱入，一不小心被误伤。这还了得，真龙天子被老婆抓破了脖子！忍无可忍了，朕要废后！

宰相吕夷简对废后这个事情举双手赞成，因为郭皇后得罪过他。但范仲淹不同意啊，说，皇上如父，皇后如母，哪有父母吵架孩子劝离婚的？仁宗不搭理他。他就带领十几个人跪在垂拱殿前，请官家三思而后行。吕夷简出来安抚群臣，群情激昂，范仲淹与吕夷简辩论，吕夷简理屈也吵不过，就劝大家先回去，明个儿再说。第二天早朝后，范仲淹和他带领的那十几个人通通或贬或罚无一幸免。

范仲淹被贬谪睦州（今杭州淳安）。去睦州就去睦州，但还是要上奏：皇后有错，建议先让她处别宫思过，慢慢来，先过个婚姻冷静期什么的。

仁宗不搭理他，一道诏书下来："皇后以无子愿入道，特封为净妃、玉京冲妙仙师，赐名清悟，别居长宁宫。"两年后，郭后小病却突然暴薨，年仅24岁。

仁宗后悔不已，又追复皇后，厚葬。

范仲淹在睦州为东汉隐士严子陵建祠，作《严先生祠堂记》："云山苍苍，江水泱泱，先生之风，山高水长！"这期间，他徜徉诗文山水之间。《萧洒桐庐郡十绝》一写就是10首。在写给晏殊的信里，他说："春之昼，秋之夕，既清且幽，大得隐者之乐。"美得很，美得很。

一年后又改任苏州知州。苏州离那个开始不认他的老范家就很近了，也算回家了，可以置办个宅院。算命先生帮他看了一块地，说这块地太好了，福泽子孙，必定世代出公卿。一般人听了肯定开心。但范仲淹不一样，他不要只福泽他老范家，他要福泽天下人。他用那块地开了学馆。

公曰："吾家有其贵，孰若天下之士咸教育于此，贵将无已焉。"遂即地建学。

这个学馆历经千年，明清时已经成为东南学宫之首，就是现在苏州中学的前身。事实上，范仲淹所到地方，都大力兴学，竭尽所能。他一直相信读书的力量。

也是在苏州，范公写下了小学六年级必学的《江上渔者》：

江上往来人，但爱鲈鱼美。

君看一叶舟，出没风波里。

鲈鱼是好吃，但你可知捕鱼人的辛苦，只乘一叶扁舟，出没在那风里雨里。

当时苏州发生水灾，范仲淹带领民众通五条河渠，兴修水利。次年因治水有功，被调回京师，判国子监，又转升为吏部员外郎。

宰相吕夷简怕他回去又话多，谏个没完，干脆给他个忙差事，知开封府。京城难管啊，皇亲贵胄遍地，哪一个都不好惹。结果人家不仅把首都治理得井井有条，开封府"肃然称治"，还依然有时间写札子，上奏章。当时民众有一句话流传："朝廷无忧有范君，京师无事有希文。"范仲淹自己说过，每晚睡前都要好好想一想今天做的事可对得起自己的俸禄。如果对得起便一觉酣眠，若没做够，第二天一定得补上。

知开封府时，范仲淹发现了做官和晋升的很多弯弯绕绕，于是又不睡觉，熬夜画画，画了一幅《百官升迁次序图》，跑到垂拱殿跟仁宗说：亲政四年了，您没发现点儿什么不对劲吗？

仁宗看见他就头皮紧：你想说啥，直接点。

于是，范公把《百官升迁次序图》承上，一一点过："某为超迁，某为左迁，如是为公，如是为私，意在丞相……"直接把权相吕夷简放在火上烤。吕夷简七窍生烟，好你个范仲淹，你是不是不知道你得罪的是谁！

为了社稷，我才不怕你个老吕。

吕夷简说："仲淹迂阔，务名无实。"后又以越职言事、荐引朋党、离间君臣弹劾范仲淹。

当时范仲淹已经初现时代精神偶像的风姿，身边确实集结了很多好朋友：欧阳修、尹洙、富弼、余靖、蔡襄，等等。欧阳修气得写了一篇《朋党论》，论真朋和伪朋。对，就党了，但我们是君子党是真朋，他们是小人党是伪朋。主打一个把水搅浑。

唐末那场"牛李党争"祸国殃民，仁宗最怕的就是党争再现，很快下诏贬范仲淹知饶州（今江西鄱阳）。尹洙、余靖都上奏求情，谏官高若讷却认为贬得好。气得欧阳修又写一篇公开信骂高若讷："是足下不复知人间有羞耻事尔。"欧阳公性情中人，比范公还头铁，然后被贬为夷陵（今湖北宜昌）县令。

说起范公这三次被贬，后人有戏言说是"三贬三光"。第一次被贬河中府，送别的友人说他："此行极光！"第二次被贬睦州，友人说他："此行愈光！"第三次被贬饶州，友人又说："此行尤光！"

文莹《续湘山野录》：

范文正公以言事凡三黜。初为校理，忤章献太后旨，贬倅河中。僚友饯于都门曰："此行极光。"后为司谏，因郭后废，率谏官、御史伏阁争之，不胜，贬睦州。僚友又饯于亭曰："此行愈光。"后为天章阁、知开封府，撰《百官图》进呈。丞相怒，奏曰："宰相者，所以器百官。今仲淹尽自抡擢，安用彼相，臣等乞罢。"仁宗怒，落职贬饶州。时亲宾故人又饯于郊曰："此行尤光。"范笑谓送者曰："仲淹前后三光矣，此后诸君更送，只乞一上牢可也。"

上牢是祭祀用的东西，范公早已做好以身许志的准备："圣君贤相正弥纶，谏诤臣微敢徇身。"

被贬去饶州是范仲淹最艰难的时候，他的发妻李氏因不堪路遥辛苦，在路上就亡故了，幼子才7岁。到了饶州，范仲淹又收到梅尧臣的一篇《灵乌赋》，劝诫他，说不好听的话得罪人，以后别说了。范仲淹回了一篇《灵乌赋》说："宁鸣而死，不默而生。"药石之言，怎可不说？

之后西夏党项人李元昊称帝建大夏国，与宋关系破裂，又不断进犯大宋边境挑衅生事，三川口之战大败宋军，集兵于延州城下欲攻城，朝野震惊。在众人的举荐下（主要没人敢接这差事，连吕夷简都同意范仲淹上任），范仲淹回朝，与韩琦一起前往陕西御敌。这一年范仲淹已经52岁了，在边塞一待就是三年。这三年间，他更改军队旧制，严肃军纪，又加强边守以逸待劳，把十二座旧要塞改建为城，使流亡在外的百姓和羌族人民有处可去。鼓舞当地百姓参战，并以重利鼓励骑射，全民皆兵。开放边塞贸易，开辟荒野屯田，官兵一边训练一边务农，军粮几乎可实现自给自足。又发动游击战，"锐则避之，困则扰之。夜则惊之，去则蹑之"，搞得李元昊烦不胜烦。连西夏人都知道："小范老子，胸中自有百万甲兵。"

这次戍边，他还为重文抑武的大宋发现并培养了两位不可多得的将才：狄青和种世衡。狄青勇武，但只粗通文墨，范仲淹送他一本《左传》让他好好读，说："将不知古今，匹夫尔。"狄青回去后读遍经史兵书，终成一代名将，官至枢密使。狄青作战和兰陵王一样，也爱戴面具，据说长得也很帅。种世衡几代将才，英雄辈出，种家军勇猛异常，是当时比杨家将名气更大的虎狼之师。

范仲淹在军中时，有一个年轻人去找他，希望从军作战为国立功，并献上《边议九条》。范仲淹看他是可造之材，喜欢得不得了，交谈后送了他一本《中庸》。

"以书谒范仲淹，一见知其远器，乃警之曰：'儒者自有名教可乐，何事于兵？'"

这个年轻人叫张载，回到横渠之后，听范公的话，专注儒学，后终成儒学大咖，留下名扬千古的横渠四句："为天地立心，为生民立命，为往圣继绝学，为万世开太平。"

当时朝堂之上有两种声音，一种是进攻派。韩琦就想大军北上，杀到大夏，直接灭国。一种是防御派。范仲淹认真分析实事求是，远距离作战非宋军所擅长，选择加固防守，以逸待劳，伺机而动。韩琦冒进，好水川之战遇伏被围，折兵万余，后来便学范仲淹以守为攻。大宋有钱啊，耗多久都行。边塞开始流传一首歌谣："军中有一韩，西贼闻之心胆寒；军中有一范，西贼闻之惊破胆。"李元昊被拖得没了脾气，三年后，不得不再次向大宋俯首称臣。仁宗高兴地拍桌子："吾固知仲淹可用也！"

边塞三年，范仲淹写下他最著名的两首词。

一首是《渔家傲·秋思》：

> 塞下秋来风景异，衡阳雁去无留意。四面边声连角起，千嶂里，长烟落日孤城闭。
>
> 浊酒一杯家万里，燕然未勒归无计。羌管悠悠霜满地，人不寐，将军白发征夫泪。

一首是《苏幕遮》：

> 碧云天，黄叶地，秋色连波，波上寒烟翠。山映斜阳天接水，芳草无情，更在斜阳外。
>
> 黯乡魂，追旅思。夜夜除非，好梦留人睡。明月楼高休独倚，酒入愁肠，化作相思泪。

西北边事稍宁，仁宗下诏令范仲淹回朝。仁宗立志革新，调整辅臣架构，拜范仲淹为参知政事（副宰相），一代良相终于实至名归。范仲淹与富弼、韩琦同时执政，仁宗又授欧阳修、蔡襄、王素、余靖同为谏官，"庆历新政"的序幕就这样徐徐拉开了。范仲淹回去后呕心沥血作《答手诏条陈十事》，上疏"明黜陟、抑侥幸、精贡举、择官长、均公田、厚农桑、修武备、减徭役、覃恩信、重命令"十件事，后又不断丰富改革建议。新政实施后，恩荫减少、磨勘严密，妨碍了既得利益者的利益，加之前期准备不足，施行又操之过急，于是毁谤新政的言论逐渐增多，指责范仲淹等是"朋党"的议论再度兴起。仁宗耳根子软，朋党是他的忌讳。"侥幸者不便，于是谤毁稍行，而朋党之论，浸闻上矣。"庆历新政一共只施行了16个月便以失败告终。

后边事再起，范仲淹自请外出巡守，一年后又因身体原因改知邓州（今河南南阳）。范仲淹的身体已经很不好了，他有肺疾。在《邓州谢上表》中他说："臣以患肺久深，每秋必发，求去沍寒之地，以就便安之所，庶近医药，存养晚年。"

即便如此，知邓州时范仲淹勤政爱民，重修览秀亭、构筑春风阁、营造百花洲，并设立花洲书院，闲暇之余到书院讲学，邓州文运大振。当时尹洙被贬筠州（今江西高安），疾病缠身，范仲淹便把尹洙也接到邓州养病。

滕宗谅与范仲淹是同榜进士，两人一起修过捍海堰，一起在西北戍边御敌，是同荣辱共进退的至交好友。当时滕宗谅知岳州（今湖南岳阳），想修建岳阳楼，但因为戍边时用公款犒劳将士抚恤家属被弹劾吃过大亏，于是"不用省库钱，不敛于民，但榜民间有宿债不肯偿者，献以助官，官为督之。民负债者争献之，所得近万缗"。楼修好后，滕宗谅便着人画了一幅画，寄给了范仲淹。中学时怎么也不能想象，范仲淹只是看着这么一幅画，并没有亲临就写出了千古名篇《岳阳楼记》：

　　庆历四年春，滕子京谪守巴陵郡。越明年，政通人和，百废具兴……

> 不以物喜，不以己悲，居庙堂之高则忧其民，处江湖之远则忧其君。是进亦忧，退亦忧。然则何时而乐耶？其必曰先天下之忧而忧，后天下之乐而乐乎！噫！微斯人，吾谁与归？

几乎同一时间，与范仲淹同时被贬的欧阳修正知滁州，写下了《醉翁亭记》：

> 醉翁之意不在酒，在乎山水之间也……若夫日出而林霏开，云归而岩穴暝，晦明变化者，山间之朝暮也。野芳发而幽香，佳木秀而繁阴，风霜高洁，水落而石出者，山间之四时也。朝而往，暮而归，四时之景不同，而乐亦无穷也。

邓州人民太喜欢范仲淹了，后来仁宗要调他去别处，邓州人民不同意，殷切挽留，范仲淹得以留任，知邓州三年。

后来又知杭州，杭州正临大旱，闹起了饥荒。范仲淹另辟蹊径，不走开仓放粮的老路子，而是在米价已经很高的情况下又抬米价，并邀请各地粮商都进驻杭州，待到粮食供大于求的时候，米价回落，人人都吃得上饭了。咱也不知道他为什么还懂经济学。更绝的是，他发现杭州人民喜佛事，爱龙舟，就举办龙舟大赛，又兴修寺庙，解决了大批劳动力就业问题，直接把死局盘活了。

后世元好问说他："在布衣为名士，在州县为能吏，在边境为名将，在朝廷，则又孔子之所谓大臣者，求之千百年之间，盖不一二见。"说他是千古第一完人，还真不算谬赞。

64岁那年，范仲淹调任知颍州（今安徽阜阳），扶疾上任，不久便在徐州病逝。"死之日，四方闻者，皆为叹息。"仁宗也嗟叹哀悼许久。他戍边知邠（今陕西彬州）、庆（今甘肃庆阳）二州时的百姓和羌族人民都为他画像立生祠，"羌酋数百人，哭之如父，斋三日而去"。

几个月后他与他的母亲、发妻一起，安眠于洛阳万安山下。下葬之后，仁宗亲自题写范仲淹墓碑额为"褒贤之碑"，加赠兵部尚书，谥号"文正"。后又加赠太师、中书令兼尚书令，追封楚国公。

他的碑文和墓志铭是欧阳修、富弼写的。文集是苏轼作序。

苏轼曾说最大的遗憾就是没有见过范文正公。

范仲淹与富弼认识时，他还在泰州西溪做盐监。"某昔初冠，识公海陵。顾我誉我，谓必有成。"富弼后来几次不第，是范仲淹一直鼓励他给他力量坚持下去，甚至还帮富弼做过媒。富弼娶了晏殊的女儿。富弼、孙复、张载一生都对他执师生礼。

他与晏殊、韩琦、梅尧臣虽有过政见不合，但君子和而不同，朋而不党。戍边后，他写信给已经致仕的吕夷简解释自己对他并无私怨，只有公心，吕夷简也对他不再有怨怼。

事实上，他从来都只有公心，没有私利。他用身体力行真正做到了"先天下之忧而忧，后天下之乐而乐"。

他还是对狄青、种世衡有知遇之恩的伯乐……

他一生被北宋群星名臣环绕，却是他们的精神领袖，力量源泉。

他，就是北宋男神们心中的男神。

苏轼：不可无一，难能有二的人间绝版

《三字经》里说："苏老泉，二十七，始发愤，读书籍。"每每听来，都觉得是个浪子回头金不换的故事。

苏洵应该是风流倜傥桀骜不驯的，在某种契机之下，突然开窍，发现了读书的妙处。

其实苏洵为人并不风流倜傥，平素沉默寡言，就是一闷葫芦。

苏洵的父亲苏序也从来不骂他，奉行宽松、鼓励的教育理念。每当有人说，你看你娃儿，一天天地在外面瞎晃，也不读书。

他爹说："吾儿当忧其不学耶？"

你们管得真多，我难道还担心我儿子不学习吗？

苏洵开始发愤读书的那一年，幼女八娘出生。

第二年，苏轼出生。

又过了两年，苏辙出生。

轼就是车前面的扶手，辙就是车轮子印，兄弟俩的名字主打就是一个接地气。

但人家的字取得好，苏轼字子瞻，登轼而望，高瞻远瞩。苏辙字子由，经过留痕，却没有翻车之虑。

后人云"眉山出三苏，草木为之枯"，说眉山的天地灵气都被这苏家父子给吸取走了，小花小草都不好好长了。

要说这四川眉山苏氏一族，从他先祖苏味道在唐朝担任过眉州刺史之后，几乎就没有出过什么正儿八经的读书人，直到苏洵这一代，读书应试成为时代潮流。

苏洵的二哥苏涣进士及第，震动乡野，成为苏家走出眉州的第一人。

苏家虽不是书香门第，但也算耕读传家，在乡间德高望重。苏序的人品非常好，他不仅乐善好施，还有一颗难得的平等心，无论是对士大夫还是对田野农夫都一样的"曲躬尽敬"，没有任何的区别。

苏轼后来有一句交友写照："吾上可陪玉皇大帝，下可陪卑田院乞儿。眼前见天下无一个不是好人。"这种豁达与率真估计就是来自爷爷的隔代遗传。

每一个成功的男人背后都有一个伟大的女人，而成功的三个苏姓男人背后有程夫人。

苏轼的妈妈程夫人贵为富家千金，又自幼熟读诗书，嫁给苏洵后，默默咬牙吃了不少苦。

程夫人去世后，墓志铭是欧阳修写的，其中有一段，这样写：

夫人姓程氏，眉山大理寺丞文应之女。生十八年归苏氏。程氏富而苏氏极贫。

有人问她："你们家那么有钱，怎么不跟娘家拿点？"

她说："我若开口，父母必定给，但我不想我的夫家落人话柄。"

苏洵27岁了，准备好好读书，跟她说："我如果去读书了，就没办法养家了。"

她说："我早就想说读书的事了，但我不愿意你读书是因我而读。养家的事，我来就好了。"

苏洵读书就读书吧，还要去赶考，去游学，所以不仅养家是程夫人做，带孩子也是程夫人做。

程夫人心里苦，但无论是养家还是带孩子都没的说。

她在市集开了一家纱縠行，生意很好，苏家的经济条件渐渐好了起来。《宋史》记录过苏轼小时候母亲给他们讲《范滂传》的事。

范滂是东汉名士，受宦官迫害要被处斩，临刑前跟他母亲诀别，他母亲说："没有什么遗憾的，你虽然死了，但你留下了好名节。"这就是后人所说的子伏其死而母欢其义。

苏轼听完这个故事，问程夫人："轼若为滂，母许之否乎？"

程夫人答："汝能为滂，吾顾不能为滂母邪？"

如果你愿意做范滂那样的人，那我也能做范滂母亲那样的母亲。

苏家的家风真的好啊，不仅彼此之间互相尊重，对孩子是夸夸教育，还给予了足够的支持和自由，无论是身体的还是精神的。

苏洵直到苏轼11岁那年，才算回归家庭，亲自带两个儿子读书。

苏轼和苏辙是同年娶亲的，苏轼19岁，娶妻王弗，苏辙17岁，娶妻史氏。

王弗比苏轼小三岁，敏而娴静，苏轼读书的时候，她就在一旁陪伴，两人并没有很多交流。

直到苏轼背书想不起来时，王弗在旁边轻声提醒他，他才知道原来老婆会读书，且记忆力超强。彼此了解、先婚后爱就是从这里开始的。

王弗生了苏轼的长子苏迈。

陈寅恪先生曾说："华夏民族之文化，历数千载之演进，造极于赵宋之世。"而仁宗朝是最星光璀璨的一朝。

嘉祐二年（1057年）苏洵49岁，苏轼21岁，苏辙19岁，父子三人穿越蜀道进京赶考。

那年的主考官为欧阳修，副考官是梅尧臣。

苏轼以一篇《刑赏忠厚之至论》被梅尧臣先发现，又推荐给欧阳修，欧阳修击节称赞。宋朝科举要糊名，还要专人誊抄以防止字迹被认出，欧阳修看那篇文章写得那样好，本来想给个第一，但又想了想，能写那么好的举子一定没别人，只有他徒弟曾巩了，为了避嫌，他便给了第二名。

后来才知道，作者不是曾巩，而是眉山苏轼。

成绩一出来，进士榜单被誉为"千年第一龙虎榜"。

有谁呢？苏轼、苏辙、曾巩、曾布、张载、程颢、吕惠卿、章悖、蒋之奇、王韶等。

是不是一个个都如雷贯耳？这神仙打架的榜单中，有24人被《宋史》立传，有9人当过宰相。

遗憾的是，我们的苏老泉没有考上。

苏老泉作诗自嘲：

> 莫道登科易，老夫如登天。
>
> 莫道登科难，小儿如拾芥。

我老头考了三回啊，真比登天还难，但我儿子一举中第，跟低头捡个草似的。

欧阳修可太喜欢苏轼了，读完苏轼的文章说："读轼书，不觉汗出，快哉快哉！老夫当避路，放他出一头地。"

成语"出人头地"就是这么来的。欧阳修作为大文豪，又位高权重，却毫无嫉贤之心，大力推荐苏轼，实为一桩美谈。

孔凡礼在《三苏年谱》里说：

> 修喜得轼，并以培植其成长为己任。士闻者始哗不厌，
>
> 久乃信服，文风为变。苏氏文章，遂称于时。

三苏名震京师没多久，家乡眉山便传来消息，程夫人去世了，苏洵携子匆匆回家乡奔丧。

在他们三年服丧期间，王安石结束他在鄞州的初次变法实验，写

下万言书《上仁宗皇帝言事书》，但并未被采纳。

三年后，苏轼、苏辙回京，苏洵也跟着儿子两家人一起去了汴京。

苏轼授河南府福昌县（今河南宜阳）主簿，苏辙授河南府渑池县（今河南渑池）主簿，大小苏都辞不赴任，跑到东京怀远驿去读书复习，准备参加第二年的制科考试。苏洵因为早已文章盛名，也被授予试秘书省校书郎。

制科考试是为了选拔"非常人才"而举行的不定期非常规考试，不是谁都能考，必须得有人推荐。

苏轼的推荐人就是欧阳修："臣伏见新授河南府福昌县主簿苏轼，学问通博，资识明敏，文采烂然，论议蜂出。其行业修饬，名声甚远。臣今保举，堪应材识兼茂明于体用科。……如有缪举，臣甘伏朝典。"欧阳修甚至愿意拿他的官位性命为苏轼作保。

苏轼自然不会让老师失望，一举考了个百年第一：三等上品。怎么就一个三等还百年第一了呢？

这么说吧，大宋朝319年，约10万人进士及第，但制科考试只举行了22次，约1400人参加，及第者41人，但只有4个三等，一等二等无人得过，只是虚设，三等又分上中下品。

苏轼的三等上品可不就是百年第一？

苏辙因为作品太过言辞犀利，获四等及第。仁宗看了大小苏的文章高兴极了，回到后宫跟曹皇后说："朕今日为子孙得两宰相矣！"值得一提的是，他们这次考试的覆考官名叫司马光。

制科及第要比进士及第荣耀太多。所以这次考完授的官也比之前所授的更有含"官"量。

苏轼授大理评事、签书凤翔府（今陕西凤翔）判官，苏辙授试秘书省校书郎、商州（今陕西商洛）军事推官。苏辙奏请后留在京师陪苏洵修礼书。

26岁这一年，苏轼走马上任，携同妻儿一起赶往陕西凤翔，开始了他历时近40年起起落落落的宦海生涯。

苏辙送他一程又一程，在路过渑池的一个寺庙时，他们停了下来。

五年前，两人随父亲第一次进京赶考的时候，曾经在那个寺庙借宿过，不过如今物是人非，曾经招待过他们的那位老和尚也已经去世。苏轼遂作诗一首："人生到处知何似，应似飞鸿踏雪泥。泥上偶然留指爪，鸿飞那复计东西。"

妙的是，26岁的年轻人却对人生有如此的感悟。

人活一世，如经过不辨方向的漫天雪地，并不知道到底会走向何处，就像飞鸟踏过雪泥留下爪印，只留下一些印记和回忆，然后飞远，也不知是向东还是向西。既然无常，便要多留一些印记，多造一些回忆。

在凤翔，苏轼度过了美好的四年。

因为他制举考试贤良方正科得了个百年第一名震天下，大伙儿都喊他"苏贤良"。

太守宋选很是仁厚，让初入仕途的他如沐春风。宋选为政勤勉，务实爱民，让苏轼学到很多。

凤翔是秦时旧地，有著名的"凤翔八观"。其中，苏轼最爱的就是王维和吴道子留存在普门寺和开元寺的壁画。他没事儿就会去看，去揣摩，他认为王维的画比吴道子的更有意境和味道："观士人画，如阅天下马，取其意气所到。"

王维是文人画的开山鼻祖，苏轼是继承发扬文人画最优秀的一个。若干年后，苏轼因乌台诗案被发配黄州，米芾去看他，带走了他画的一幅《枯木怪石图》，所以画上有米芾的题跋。

米芾回家后，那画被驸马王诜借去，一借不还，气得米芾在《画史》上狠狠记了一笔：

> 吾自湖南从事过黄州，初见公（苏轼）酒酣曰："君贴此纸壁上。"
>
> 观音纸也，即起作两竹枝、一枯树、一怪石见与。后晋卿借去不还。

在凤翔，苏轼还初次发挥了他在水利工程方面的天赋。

凤翔城东的饮凤池淤泥阻塞，苏轼便带领百姓清除淤泥，并将城西北凤凰泉的水引到饮凤池，以激活池水。

凤凰泉水，绕城而过，形成天然的护城河，河岸栽种柳树，水面广植莲藕，至此饮凤池便成了"东湖"，是百姓最爱去的踏青赏游之地。

在凤翔的第三年，宋选调任，新来的太守陈希亮好像不太喜欢苏轼，不仅不让大伙儿喊他"苏贤良"，谁喊就把谁打一顿，经常对他写的文章挑毛病，还因为他故意不参与团建罚过他红铜8斤。

苏轼直脾气，你不喜欢我，我也不喜欢你。苏辙听说哥哥被欺负，不好意思明目张胆地骂架，就发挥特长，在自己的《龙川略志》里把陈希亮塑造成一个反面角色。

陈希亮建了一个凌虚台，让苏轼写文记录。苏轼也不推辞，便写了《凌虚台记》：

> 夫台犹不足恃以长久，而况于人事之得丧，忽往而忽来者欤！而或者欲以夸世而自足，则过矣。盖世有足恃者，而不在乎台之存亡也。

就你，盖什么台子，再坚固的台子也会塌掉好吗？陈希亮也不生气，让人一字不差地把这篇文章刻在了石碑上。

苏轼后来才知道，陈希亮并不是不喜欢他，而是觉得他是大才，年少成名，容易骄傲，需要挫挫锐气，所以才对他有所刁难。

苏轼也就理解了陈希亮的良苦用心，为他写《陈公弼传》：

> 公于轼之先君子，为丈人行。而轼官于凤翔，实从公二年。方是时，年少气盛，愚不更事，屡与公争议，至形于言色，已而悔之。

他为自己曾经的年少气盛感到后悔。

不过苏轼与陈希亮的四子陈慥关系很好。

陈慥字季常，他老婆嗓门比较大。苏轼写过的那句"忽闻河东狮子吼，拄杖落手心茫然"就是给这位仁兄的。

在凤翔的任期已满，苏轼回京。此时，宋仁宗赵祯已经驾崩两年，在位的是英宗赵曙。

在宰相韩琦的安排下，苏轼入馆阁编修国史，并和同僚沈括交好。但没过多久，年仅27岁的发妻王弗病逝。不到一年，父亲苏洵也病逝。

备受打击的苏轼便和苏辙一起暂停工作，扶柩回乡。下葬完妻子和父亲，苏轼在祖茔山上种下三万棵雪松，来祭奠亡人。这是兄弟俩最后一次回眉山，之后，他们再也没有机会回到这个魂牵梦萦之地。

三年丧期过后，苏轼娶了王弗的堂妹王闰之。王闰之从11岁那年第一次见到苏轼，就被他的才华和气质所折服。她对苏轼，就像一个歌迷对偶像那样，无微不至地陪伴着他，照顾着他，体谅着他。

等到苏轼、苏辙再回朝，天又变了，英宗仅在位四年便驾崩，时年20岁的神宗赵顼即位，并召回王安石予以重任。熙宁变法正在孕育之中。

熙宁变法有均输法、青苗法、市易法、免役法、方田均税法、农田水利法、置将法、保甲法、保马法等。

支持变法的大臣有：章惇、吕惠卿、曾布、蔡京、沈括等。

反对变法的有：欧阳修、司马光、韩琦、富弼、文彦博、苏轼、苏辙等。

但大臣反对归反对，宋神宗是支持变法的，他任命王安石为同中书门下平章事后，变法还是如火如荼地开展起来了。

王安石是个不修边幅的天才，他为人太过专注，所以一生只娶了一妻，对衣食也从不在意。

吃饭只吃眼前那一盘菜，经常读书读到凌晨不洗漱就蓬头垢面地上朝去了。衣服几个月不换破烂脏污也无所谓。

他的同僚实在看不下去，便相约每隔一两个月轮流带他去洗澡换衣服，而他不是在商讨就是在思考，根本不知道自己已经换了衣服，换了什么衣服。

沈括在《梦溪笔谈》里有记录：

> 公面黧黑，门人忧之，以问医。医曰：此垢污，非
> 疾也。

熙宁变法的初衷自然是好的，施行得却是一言难尽。

虽然新法并无压榨百姓之意，但鞭长莫及，落实到地方却难免被人曲解滥用，以至于虽然国库充盈了，但百姓的压力却更大了。

王荆公何许人也："天变不足畏，祖宗不足法，人言不足恤。"一心一意就是要把变法进行下去。

苏轼回朝后继续入职馆阁，苏辙被调入变法小组。不过没多久，苏辙就因为"这个新法不对，那个新法不好"反对意见太多，被踢出了群聊，外放陈州。

变法派和反对派不断地以奏章火并，渐渐地就有了点儿新旧党争的意思，争得急赤白脸。司马光第一个逃离朝堂，写《资治通鉴》去了。欧阳修虽早已被外放，但也上表不支持新法，从青州改知蔡州，心灰意冷之下，干脆致仕归居颍州，总算想通了，自称六一居士。吾有六个一：藏书一万卷、金石遗文一千卷、琴一张、棋一局、酒一壶、一个老头我自己。

苏轼还是年轻，以为"有笔头千字，胸中万卷，致君尧舜，此事

何难"？先写《上皇帝书》，除细数变法的不恰当之处外，还直指了王安石的独断专行。

这下可把王荆公惹恼了，把他发配开封府做判官，希望他忙起来就别说话了。但人家还是要说，又写《再上皇帝书》。就算王安石君子不愿意给他小鞋穿，但有人坐不住了。王安石弟媳的哥哥谢景温弹劾苏轼在服丧回乡时私用官船贩卖私盐。

这子虚乌有的诽谤调查了一番不了了之。但苏轼也顿觉朝堂险恶无趣，他的恩师欧阳修多年前也是因被人诽谤而自请外放。打不过我跑还不行？于是也自请外放，授杭州通判。通判是朝廷为了防止州府太守在地方权力太大而设置的监察职位，同时也掌管粮运、家田、水利和诉讼等事项。

杭州是个好地方，从柳永的《望海潮》流传以来，外放杭州的都是官家舍不得又放不下的。神宗当然是喜欢苏轼的，但鱼和熊掌不可兼得，他太想改变那个他接手时积弊过深的大宋了。

出发杭州前，苏轼的表哥也是挚友，那个"画竹必先得成竹于胸中"的文同提醒他："别说话，别作诗。"

苏轼连连答应，但是，呵呵，没做到。他先携家带口地去陈州看望苏辙，一住就是俩月。在陈州，苏辙介绍张耒给苏轼认识，苏门四学士集结。

之后，他们又拐到颍州看望恩师欧阳修。这一次见面，也是最后一次见面，大小苏、欧阳修三大文豪共聚20多天，煮茶赏花，饮酒作诗。

第二年，欧阳修病逝，享年66岁。如欧阳修曾经对他说的："此我辈人，余子莫群。我老将休，付子斯文。"文坛领袖的担子，自此传到了苏轼这里。

诗庄词媚，在去杭州之前，苏轼并没有写过词。他开始作词时已经37岁了。他并不像柳永那样精于音律（可不是我说的，是李清照在《词论》里说的："苏子瞻不协音律"），但也许是杭州实在是风月旖旎，上司陈襄、杨元素都喜欢去勾栏听曲，还总要喊着他和张先一起，听完歌，又说词太老了："来来来，子瞻，填一首！"于是，不知不觉竟学会了。

其实很早之前，苏轼就对作词感兴趣。多年后他写给族兄的信《与子明兄书》里说：

> 记得应举时，见兄能讴歌，甚妙。弟虽不会，然常令人唱，为作词。近作得《归去来引》一首，寄呈，请歌之。送长安君一盏，呵呵。醉中，不罪。

据《东坡乐府笺》收录来看，苏轼的第一首词是作于熙宁五年（1072年）的《浪淘沙》：

> 昨日出东城，试探春情。墙头红杏暗如倾。槛内群芳芽未吐，早已回春。
> 绮陌敛香尘，雪霁前村。东君用意不辞辛。料想春光先到处，吹绽梅英。

很美，一上手就很像那么回事儿。

在杭州，苏轼收了他的第一个徒弟晁补之。当年小晁才17岁，拿着自己写的文章去拜会，三顾苏宅之后，一篇旧文《七述》终于打动了文坛盟主，收在门下。苏门四学士又集结。

也是在杭州，苏轼遇到了他生命中最重要的红颜知己王朝云，彼时，王朝云才12岁，是个歌伎，唱得一口清丽曲，弹得一手好琵琶，生得很美："美人如月，乍见掩暮云，更增妍绝。"

苏轼把她买下，待她成年后，收为了侍妾。据说《饮湖上初晴后雨》里"欲把西湖比西子，淡妆浓抹总相宜"，那个西子说的就是王朝云。

而西湖之前的名字是"金牛湖""石函湖"，就因为这句诗，才开始叫作"西湖""西子湖"的，洋气多了。

白居易以前知杭州的时候曾经疏通了六口井，苏轼在时，那六口井都已经废弃不用，百姓吃水又成问题。

苏轼便带人挖沟开渠，疏浚修理，让百姓终于有甜水可吃。后来湖州水患，苏轼去帮忙治水。在湖州太守孙觉的介绍下，认识了孙觉的女婿黄庭坚。

两人互相欣赏，之后开始通信往来，诗文唱和一百多篇，苏门四学士继续集结。

沈括作为王安石的得力干将来江浙巡查农田水利，受"苏粉"神宗之托去看望苏轼，虽然政见不同，但作为旧日同僚，两人还是相谈甚欢。

沈括临走前，还抄录了苏轼新写的许多诗文。

据南宋王铚《元祐补录》记载，沈括回京后，曾把苏轼的诗逐句分析，并以附笺的方式，把认为是诽谤新法和朝廷的诗句过度解读后详细"注释"，呈交神宗。但神宗不以为然，此事不了了之。

虽然这件事没有对苏轼造成什么伤害，却给变法派提供了新的"整苏"思路，也为之后的乌台诗案埋下了伏笔。

三年杭州任满，变法仍如火如荼地进行着。苏轼不愿回朝，只希望能离弟弟苏辙近一些。当时苏辙在齐州（今山东济南）任职，苏轼便申请去密州（今山东诸城）。神宗准启，苏轼知密州，心愿达成。

只不过到任时，密州正逢连年大旱和蝗灾，民不聊生。苏轼有诗记录：

> 秋禾不满眼，宿麦种亦稀。
>
> 永愧此邦人，芒刺在肤肌。
>
> 平生五千卷，一字不救饥。

在《上韩丞相论灾伤手实书》中，苏轼恳求免去密州赋税："特与量蠲秋税，或与倚阁青苗钱。"

苏轼带领百姓用火烧、泥土深埋的方法灭蝗，并以米粮奖励捕蝗人，以工代赈，终于取得成效。

因为百姓衣食不继，好多人为了一口吃的，集结起来抢盗，好多孩子生下来就被扔掉。

"磨刀入谷追穷寇，洒涕循城拾弃孩"，抓完盗匪穷寇，又收留40余名弃婴。

因连年大旱，古时也没有人工降雨，祈雨是朝廷州府能想到的唯一的方式。

早在凤翔任判官时，苏轼就祈过雨，祈过就下雨了，还建了喜雨亭。

在密州，苏轼率吏民登常山祈雨，果然当晚就下雨了。不得不说，苏轼是有些神秘能力在身上的。

苏轼在密州的诗词文创作量都很大，但最著名的还是大家都会背的"密州三曲"。

第一首便是刚到密州第二年的正月，苏轼做了一个梦，醒来便写了纪念亡妻王弗的那首最经典悼亡词《江城子》：

> 十年生死两茫茫，不思量，自难忘。千里孤坟，无处话凄凉。纵使相逢应不识，尘满面，鬓如霜。
> 夜来幽梦忽还乡，小轩窗，正梳妆。相顾无言，惟有泪千行。料得年年肠断处，明月夜，短松冈。

十年了，我再也没能回去看你，也没有地方和你说一说话。时间真是一头小马，拉白了我的头发，拉皱了我的面颊，而你应还是当年的样子，再见面你一定不认得我了吧。

昨晚我梦见你了，梦见我们在眉州时，我透过窗子看到你正在梳妆，你回头看我，却一句话也没有说，醒来我才发现已经眼泪茫茫。虽然我没有看过你，但那片我亲手种植的雪松林，那每晚每晚的明月夜，却年年都来让我断肠。

同年秋天，苏轼常山祈雨后，归途中射猎，斩获颇丰，非常高兴，遂作《江城子》：

> 老夫聊发少年狂，左牵黄，右擎苍，锦帽貂裘，千骑卷
> 平冈。为报倾城随太守，亲射虎，看孙郎。
>
> 酒酣胸胆尚开张。鬓微霜，又何妨！持节云中，何日遣
> 冯唐？会挽雕弓如满月，西北望，射天狼。

这首词慷慨激昂，是自范仲淹的《渔家傲》后，又一豪放词经典
之作，也打开了苏轼"以诗为词"的创作特征。

这一首与写给王弗的那首悼亡词同用《江城子》词牌，却完全是
两种风格和意境。苏轼写完很得意，写信给好友鲜于侁：

> 近却颇作小词，虽无柳七郎风味，亦自是一家。呵呵。

咋样，我写的词不比柳七差吧？呵呵。

又一年的中秋节，虽然与弟弟苏辙相距不远，但两人因公务繁
忙，无法共度节日。苏轼想念弟弟，便挥笔写下《水调歌头》：

> 明月几时有？把酒问青天。不知天上宫阙，今夕是何
> 年。我欲乘风归去，又恐琼楼玉宇，高处不胜寒。起舞弄清
> 影，何似在人间？
>
> 转朱阁，低绮户，照无眠。不应有恨，何事长向别时
> 圆？人有悲欢离合，月有阴晴圆缺，此事古难全。但愿人长

久，千里共婵娟。

这一首太过经典，宋人《苕溪渔隐丛话》评价说："中秋词自东坡《水调歌头》一出，余词尽废。"

密州任期结束后，苏轼调任知徐州，真正开始发挥了他水利建设方面的天赋。徐州地处黄河和淮河之间，非常容易发生水患。

苏轼到任的当年七月，黄河在澶州（今河南濮阳）曹村决口，没多久，水至徐州城下。富人们纷纷外逃躲水患，苏轼安抚百姓，以身作则："吾在是，水决不能败城。"亲率民夫，并发动禁军筑堤护城。

林语堂先生在《苏东坡传》里说：

> 我简直不由得要说苏东坡是火命，因为他一生不是治水，就是救旱，不管身在何处，不是忧愁全城镇的用水，就是担心运河和水井的开凿。

苏轼在城墙上搭建了个茅草小屋，与军民齐心协力共同抗水两个多月。

"轼庐于其上，过家不入，使官吏分堵以守，卒全其城。"过家门而不入，简直就是大禹再世。

治水卓有成效，神宗高兴极了："朕甚嘉之！"赐钱2410万。苏轼便用那钱去征发百姓、招募流民，修建护岸，填平城内洼坑，修筑石堤。

这座石堤矗立千年而不朽，并在清乾隆年间改名为苏堤，这是苏轼的第一条苏堤，至今，徐州还有苏堤路。又在城东门挡水要冲处，建造了二层高楼，因为"水受制于土"，所以涂上黄土，取名黄楼。

黄楼建成后，苏轼的朋友圈可热闹极了，诸多文豪写诗作赋寄给苏轼，热热闹闹地开了一场"黄楼诗会"。

自此，黄楼成为徐州富有历史意义的名胜古迹，"黄楼赏月"也成为徐州古八景之一。

明代吴宽曾登黄楼写诗歌颂苏轼治水建堤的功德："自公去后五百载，水流有尽恩无穷。"

在徐州，苏轼还收到黄庭坚的书信，黄庭坚第一次执弟子礼向苏轼拜师。

30岁的秦观赶考途中特意绕道徐州去拜会苏轼，也正式拜师苏门。

又一年徐州春旱时，苏轼又祈雨了，祈完，又下雨了。不仅是大禹再世，还是雨神下凡。

到了冬天，徐州连降大雪，天气异寒，薪柴奇缺，百姓无法取暖。苏轼殚精竭虑，终于在彭城西南的白土镇发现了石炭，拉开了徐州开采煤炭的序幕：

> 君不见前年雨雪行人断，城中居民风裂骭。湿薪半束抱衾裯，日暮敲门无处换。岂料山中有遗宝，磊落如䃜万车炭。流膏迸液无人知，阵阵腥风自吹散。

要说苏轼这一生，无论在哪个城市，都做到了一个人照亮了一座城。

两年后，苏轼调任湖州。离开徐州时，百姓万人相送，苏轼感动万分，写下：

> 吏民莫扳援，歌管莫凄咽。
>
> 吾生如寄耳，宁独为此别。

这是苏轼第一次有"人生如寄"的感悟。之后，他无论到哪里，无论怎样艰难，都能自诩为哪里人。

几个月后，他的人生发生了天翻地覆的巨变。那是一段艰难异常的日子，也终让苏轼成了苏东坡。

熙宁变法五年后的秋天，华北、淮南、陕西出现旱灾、蝗灾，多地颗粒无收，灾民流离失所，逃往京城。

很多人把对天灾的怨愤同新法联系起来，说是王安石的"天变不足畏"招致了上天的惩罚，要求罢免王安石、尽废新法。

到了来年春天，旱情毫无缓解，百姓春耕都无法进行。三月底，郑侠向神宗上了一幅《论新法进流民图》，并说："皆由中外之臣，辅佐陛下不以道，以至于此。"

神宗阅后潸然泪下，不吃不喝，通宵未眠。万般无奈到四月，王安石自请罢相，知江宁府。

王安石虽然离开了，但变法还在施行。后来朱熹曾评价神宗亲自下场的这场变法：

> 神宗尽得荆公许多伎俩，更何用他？到元丰间，事皆自

做，只是用一等庸人备左右趋承耳。

朱熹说的一等庸人是谁呢？

王珪、李定、吕惠卿等人。王珪一生庸碌，对变法既不反对也不支持，全看官家脸色。吕惠卿作为变法的二把手，后又背刺王荆公，为人所不齿。

《宋史·李定传》记载李定"附王安石骤得美官，又陷苏轼于罪，是以公论恶之，而不孝之名遂著。"

李定为什么要陷害苏轼呢？算是私仇。李定任官后不丁母忧，苏轼曾写诗讽刺："西河郡守谁复讥，颍谷封人羞自荐。"

苏轼确实作了太多诗，说了太多话，以致招来这场杀身之祸。

苏轼四月于湖州到任，不过三个月，因他的《湖州谢上表》其中一句："（陛下）知其愚不适时，难以追陪新进；察其老不生事，或能牧养小民。"御史台官员何正臣、李定等接连上奏弹劾他攻击朝政，反对新法，有大不恭之罪。

还有一个叫舒亶的，历时四个月研究苏轼的诗说：

> 至于包藏祸心，怨望其上，讪谤慢骂，而无复人臣之节者，未有如轼也。盖陛下发钱（指青苗钱）以本业贫民，则曰"赢得儿童语音好，一年强半在城中"；陛下明法以课试郡吏，则曰"读书万卷不读律，致君尧舜知无术"；陛下兴水利，则曰"东海若知明主意，应教斥卤变桑田"；陛下谨盐禁，则曰"岂是闻韶解忘味，尔来三月食无盐"；其他触

物即事，应口所言，无一不以讥谤为主。

神宗耳边被天天吹风，也确实讨厌苏轼讥讽他的新政，那就叫御史台派人带回来问问吧。批示台吏皇甫僎携吏卒疾驰湖州勾摄苏轼。

第一个得知消息的是驸马王诜，王诜立刻秘密派人告诉时任南京幕官的苏辙，苏辙马上令人快马加鞭赶往湖州告知苏轼。

苏辙的人马先到时，苏轼刚买了个泡脚盆正在府衙泡脚。他顺风顺水了大半生，突然面临如此严重的指控，自然是大惊失色，不知所措。待到皇甫僎到达湖州后，"促轼行，二狱卒就直之。即时出城登舟，郡人送者雨泣。顷刻之间，拉一太守如驱犬鸡"。

苏轼被押回御史台，主审官就是李定。汉时御史台中有柏树，野乌鸦数千栖居其上，故称御史台为"乌台"。

这场冤案，又被称为"乌台诗案"，后人称其开"文字狱"之先河。

苏轼在御史台被连审近一个月，关押了近五个月。同在狱中的苏颂被关在他隔壁，后来写诗说："遥怜北户吴兴守，诟辱通宵不忍闻。"那样一个国民偶像，受尽折磨，被诟辱到旁人都听不下去。

最险恶的是时任副相的王珪（李清照的外祖父），拿苏轼的一首诗：

> 凛然相对敢相欺，直干凌空未要奇。
> 根到九泉无曲处，世间惟有蛰龙知。

解读说：

> 陛下飞龙在天，轼以为不知己；而求之地下之蛰龙，非
> 不臣而何？

为此，竟说苏轼有不臣之心，以置死地。

瞎说八道！神宗不信：

> 诗人之词，安可如此论？彼自咏桧，何预朕事？

章惇也跳出来替苏轼说话：

> 龙者非独人君，人臣皆可以言龙也。

神宗以为然。

苏辙为了哥哥奔走，上《为兄轼下狱上书》，宁愿什么官也不做了，只求留哥哥一个活路。

宰相吴充首先出面劝谏：

> 陛下以尧舜为法，而不能容一苏轼，何也？

赋闲在家的王安石听说后也连忙为苏轼上疏：

> 岂有圣世而杀才士者乎？

章惇附议。就连卧病在床的曹太后也亲自求情：

> 昔仁宗策贤良归，喜甚，曰：吾今日又为子孙得太平宰
> 相两人。盖轼、辙也，而杀之可乎？

救苏轼的，还有他自己。

入狱时，他曾与长子苏迈约定，送饭时不要送鱼，万一送鱼，就是有消息说他要判死罪了。

苏迈有一次外出去借钱，拜托亲戚给苏轼送饭。

亲戚并不知道两人有"不送鱼之约"，送了一条熏鱼过去，苏轼一看到鱼，以为自己大限将至，便写下两首诀别诗给弟弟苏辙。

其中第一首：

> 圣主如天万物春，小臣愚暗自亡身。
> 百年未满先偿债，十口无归更累人。
> 是处青山可埋骨，他年夜雨独伤神。
> 与君世世为兄弟，更结来生未了因。

诗当然传到神宗那里去了，啊，不嘚瑟了，朕是圣主，他是小民了？得了，别死了吧。

毕竟祖宗赵匡胤也曾立下诫碑：

> 不得杀士大夫，及上书言事人。子孙有渝此誓者，天必
> 殛之。

222 —

苏轼终于从御史台被放了出来，被贬为黄州（今湖北黄冈）团练副使。

驸马王诜因泄露皇命给苏轼，调查时不及时交出苏轼的诗文，又因对公主不礼貌，宠妾压妻，被削官贬谪。

王巩贬谪至西南宾州（今广西宾阳）。苏辙贬谪至筠州（今江西高安）。张方平罚红铜30斤，司马光、黄庭坚、范镇及苏轼等人，都各罚红铜20斤。

这一年苏轼43岁，像是已经死了一次。最让他难受的是诸多好友包括苏辙都因他而受牵连。

他在写给王巩的信中说：

> 但知识数人缘我得罪，而定国为某所累尤深，流落荒服，亲爱隔阔。每念至此，觉心肺间便有汤火芒刺。

刚到黄州时，他一连几个月不说话，白天就闭门不出。孤独、悲苦，不明白为什么。生活也非常拮据。

他是犯官，有官名无官职，几乎无官禄，也不能住官舍，只能借宿在定慧院。借住的日子，他写下《卜算子》：

> 缺月挂疏桐，漏断人初静。谁见幽人独往来，缥缈孤鸿影。
> 惊起却回头，有恨无人省。拣尽寒枝不肯栖，寂寞沙洲冷。

黯然神伤，百感交集，无眠的夜晚他为自己的多言感到悔恨，但即便如此，傲骨依在，自己的这颗心还是"拣尽寒枝不肯栖"。

后来全家又搬到废弃的驿站临皋亭蜗居。

一家十余口人，都要吃饭。真正让他活过来的是肚皮饿，要解决全家人的吃饭问题。他后来写《初到黄州》：

自笑平生为口忙，老来事业转荒唐。

长江绕郭知鱼美，好竹连山觉笋香。

饿啊，又馋，也无聊，吃货的属性慢慢暴露，就想尽办法搞吃的。

而让他从苏轼成为苏东坡，加上最后那一点点量变的，是他的老朋友马梦得。

与马梦得相识时，他刚刚制科考试考了个百年第一。

马梦得与他同年同月生，在京师做学官。但性格耿直，"学生既不喜，博士亦忌之"，生活也拮据。

有一次，苏轼去找他玩儿，他不在家，大诗人就在他的墙上题下了一首杜甫的《秋雨叹》：

堂上书生空白头，临风三嗅馨香泣。

马梦得回来后看到这首题诗，不愿将来白头空悲切，豁然开朗，决定辞官离京。

苏轼出凤翔，他便也跟着去了，做他的幕僚。之后他一直跟随苏轼，乌台诗案后，随苏轼前后脚来到了黄州。

《东坡志林》卷一有云：

> 马梦得与仆同岁月生，少仆八日。是岁生者，无富贵人，而仆与梦得为穷之冠。即吾二人而观之，当推梦得为首。

我有一个朋友叫马梦得，和我同年同月生，他小我8天。我俩就一个字儿：穷。但比较一下呢，马梦得还是比我更穷一点，他是名副其实地穷到了第一名。

咱也不知道这么穷的马梦得，到底用了什么手段，竟然搞到了城东的一块地给苏轼种，那块地后来就叫东坡。

东坡在城东，有数十亩大，荒废多时，已是"颓垣满蓬蒿"。白居易出任忠州刺史的时候，曾经有一片地就叫东坡，并写诗《东坡种花》《步东坡》等。

苏轼作为白居易的粉丝，便把那片地也取名东坡，并自号东坡居士。自此，苏轼终于成了苏东坡。

苏东坡后来写《东坡八首》，叙中说：

> 余至黄州二年，日以困匮，故人马正卿哀余乏食，为于郡中请故营地数十亩，使得躬耕其中。地既久荒为茨棘瓦砾

之场，而岁又大旱，垦辟之劳，筋力殆尽。释耒而叹，乃作是诗，自愍其勤，庶几来岁之入以忘其劳焉。

此时他已经能苦中作乐，慢慢从乌台诗案的阴霾中走出来了。

土地给人底气和力量。低下的地方种稻谷，东边高一点，种枣树和板栗。有朋友还给了桑苗，也种上。当然还要种竹子，"宁可食无肉，不可居无竹"。

劳动治愈了一切。苏轼开始交朋友，什么朋友都可以。"上可陪玉皇大帝，下可陪卑田院乞儿。"看见人就跟人聊天，人家不知道聊什么，就说：实在不行你讲个鬼故事？

叶梦得在《避暑录话》中说苏东坡：

每旦起，不招客相与语，则必出而访客……有不能谈者，则强之说鬼。或辞无有，则曰姑妄言之。于是，闻者无不绝倒，皆尽欢而后去。

更会吹牛了，给范镇的儿子范子丰写信：

临皋亭下八十数步，便是大江，其半是峨眉雪水，吾饮食沐浴皆取焉，何必归乡哉！江山风月，本无常主，闲者便是主人。

我在这儿过得挺好的，我每天都喝的是峨眉山雪水，你们喝不到吧。所以我也不想回去。我这个闲人坐拥江山风月，你就羡慕去吧。呵呵。

后来苏东坡又在朋友的帮助下建造了五间瓦房，因为建成时是在冬天，大雪纷飞，故取名"雪堂"。

> 去年东坡拾瓦砾，自种黄桑三百尺。
> 今年刈草盖雪堂，日炙风吹面如墨。

真的干了不少活，脸都晒得黧黑。住进了雪堂也还是穷啊，要开源节流，种地是开源，省钱是节流。如何省钱又吃得美味呢？买便宜的菜，自己捯饬。

"东坡肉"就是这么来的。

苏东坡曾作《猪肉颂》：

> 净洗铛，少著水，柴头罨烟焰不起。待他自熟莫催他，
> 火候足时他自美。黄州好猪肉，价贱如泥土。贵者不肯吃，
> 贫者不解煮，早晨起来打两碗，饱得自家君莫管。

啧啧，好吃，再添一碗饭！黄州豆腐很是闻名，又自创"东坡豆腐"。因为家里没有米只有大麦，嚼着咯吱咯吱响，便加小豆和大麦同煮，成了"二红饭"，让王闰之一边吃一边大笑不止。

渐渐地，苏东坡已经是个黄州人了，自己记录说：

某见在东坡，作陂种稻，劳苦之中亦自有乐事。有屋五
间，果菜十数畦，桑百余本。身耕妻蚕，聊以卒岁也。

他很满足。

　　第三年，好友张怀民被贬黄州，借住在承天寺，苏东坡大晚上的
去找他出来散步。

　　何夜无月？何处无竹柏？但少闲人如吾两人者耳。

越发通透达观，并保持了仰望星空的浪漫。
了解生活的真相之后，依然热爱生活，说的不就是苏东坡？
有一天晚上喝醉了，回家时天色已晚，门童已经睡了，敲门不
应，他便摇摇晃晃去了江边，望着江水滔滔，即兴吟诵了一首《临
江仙》：

　　夜饮东坡醒复醉，归来仿佛三更。家童鼻息已雷鸣，敲
门都不应，倚杖听江声。
　　长恨此身非我有，何时忘却营营？夜阑风静縠纹平，小
舟从此逝，江海寄余生。

　　传说第二天，那句"小舟从此逝，江海寄余生"已经传遍了黄
州城。
　　太守徐大受惊出一身冷汗，以为苏东坡跳江了，连忙命人去找，

结果发现，苏东坡正在家睡得鼾声震天呢。

徐大受也是苏粉，与苏东坡一见如故，不但丝毫没有为难这位落难的下属，还礼遇有加。

有一次，他邀请苏东坡去黄州附近的赤壁矶游玩，此地虽叫赤壁但并不是赤壁之战的那个"赤壁"，但这也不影响苏东坡借地发挥，正所谓"赤壁何须问出处，东坡本是借山川"，他写了《念奴娇·赤壁怀古》：

> 大江东去，浪淘尽、千古风流人物。故垒西边，人道是、三国周郎赤壁。乱石穿空，惊涛拍岸，卷起千堆雪。江山如画，一时多少豪杰！
>
> 遥想公瑾当年，小乔初嫁了，雄姿英发。羽扇纶巾，谈笑间、樯橹灰飞烟灭。故国神游，多情应笑我，早生华发。人间如梦，一尊还酹江月。

后来再去游，又写了《前赤壁赋》《后赤壁赋》。

三篇《赤壁》，虽不知是人生如梦，还是梦如人生，但时间与生死已然度外。

后来在快哉亭送人，又写下："一点浩然气，千里快哉风。"心境如诗，浩然快哉。

寒食节吃不到好吃的，心情不好，便用行书写下即兴诗作《黄州寒食帖》，一不小心与王羲之的《兰亭序》和颜真卿的《祭侄文稿》一起被誉为了三大行书。

虽无心插柳，但奈何这被黄庭坚讥笑为"石压蛤蟆"的字也实在是实力太强。

苏东坡收了个学生，叫潘大临。潘大临要去京城赶考，他写了一首词送他：

> 别酒劝君君一醉，清润潘郎，又是何郎婿。记取钗头新利市，莫将分付东邻子。
>
> 回首长安佳丽地，三十年前，我是风流帅。为向青楼寻旧事，花枝缺处余名字。

夸人家貌似潘安，当然自己也不差，逛过的青楼都说他是"风流帅"。

他还开始养生，自创养生秘籍：

> 一曰无事以当贵，二曰早寝以当富，三曰安步以当车，四曰晚食以当肉。

还有：

> 已饥方食，未饱先止。散步逍遥，务令腹空。当腹空时，即便入室，不拘昼夜，坐卧自便，惟在摄身，使如木偶。

并且还入道观闭关四十九天后学会了瑜伽，每日"吹神入腹"，坐禅冥想，龟息吐纳，效果很好，在精神层面达到了"任性逍遥，随缘放旷，但尽凡心，别无胜解。以我观之，凡心尽处，胜解卓然"。活得特别认真。

在黄州待久了，苏东坡喜欢上了这个地方，他怕他的那块东坡被官府收去，便有意去买田。有一次去看完田回来，下了雨，他穿行雨中归家后写下《定风波》：

> 三月七日，沙湖道中遇雨。雨具先去，同行皆狼狈，余独不觉，已而遂晴，故作此词。

> 莫听穿林打叶声，何妨吟啸且徐行。竹杖芒鞋轻胜马，谁怕？一蓑烟雨任平生。
> 料峭春风吹酒醒，微冷，山头斜照却相迎。回首向来萧瑟处，归去，也无风雨也无晴。

好一个"一蓑烟雨任平生"，好一个"也无风雨也无晴"。

诗人的不幸，是诗家的大幸，黄州成就了苏东坡，也成就了宋词的半壁璀璨。连苏辙都不得不承认说：

> 尝谓辙曰："吾视今世学者，独子可与我上下耳。"既而谪居于黄，杜门深居，驰骋翰墨，其文一变，如川之方至，而辙瞠然不能及矣。

之前你说咱俩文章水平差不多，但哥哥去了黄州后，我就比不上了。

在黄州待了四年，官家下诏让他去汝州（今河南平顶山），换个地方依然做犯官。黄州这个来时让他痛苦的地方，如今却万分不舍，写词《满庭芳》："归去来兮，吾归何处？"不知道，但没有人喜欢漂泊。

没办法，雪堂分与邻人，带一家老小赶往汝州。

他先去看了苏辙，一别几年，苏辙对他左看右看，竟险些认不出哥哥。他的气质比起从前，竟然少了许多世俗，更加超凡逸仙了。

苏辙陪他走了一段路，路过庐山，停留下来，玩了十几天，苏轼写下《题西林壁》：

> 横看成岭侧成峰，远近高低各不同。
>
> 不识庐山真面目，只缘身在此山中。

李太白写庐山的"飞流直下三千尺，疑是银河落九天"，已经被世人公认无法超越，但苏东坡却从另外的角度，让庐山多了一层哲学的意味。

玩够了继续赶路，但汝州路途遥远，盘缠已经用尽，与朝云的幼子还不幸夭折，苏东坡伤心之余便上疏请求去常州（今江苏常州）。

被批准后，又带一家老小去常州。常州是个好地方啊，有山有水很富庶，苏东坡之前通判杭州的时候还在那里买过地，他很喜欢，希望能在那里终老："十年归梦寄西风，此去真为田舍翁。"

路过江宁（今江苏南京），他去看望了已经退隐的"政敌"王安石。当风尘仆仆的苏东坡出现在王安石面前的时候，正骑着驴的小老头高兴得像个孩子。

君子和而不同，两个人一起喝酒聊天，吟诗唱和，相逢一笑泯尽了恩仇。

看完王荆公继续上路，很快便有国殇传来，神宗驾崩，年仅9岁的哲宗赵煦即位。

被贬宾州的王巩受诏回朝，与他有一聚。苏东坡本来对王巩满心愧疚，但看到他时却大吃一惊，老王红光满面，身体倍儿棒，吃嘛嘛香，完全没有受过大苦的样子。细细问过，才知道，老王这身心状态那么好，源于一个人——他的侍妾柔奴。

他被贬岭南，柔奴一路跟随，不离不弃，柔言劝解，细心照顾，让老王从悲苦中走出，焕发了新生。苏东坡见到了这位兰心蕙质的柔奴，问她："岭南的生活很不好过吧？"

柔奴却说："无论到哪里，只要内心安定，便都是故乡。"

苏东坡听后醍醐灌顶，这与他在黄州的心态简直不谋而合。

于是，东坡写下一首《定风波》：

常羡人间琢玉郎，天应乞与点酥娘。尽道清歌传皓齿，风起，雪飞炎海变清凉。

万里归来颜愈少，微笑，笑时犹带岭梅香。试问岭南应不好，却道：此心安处是吾乡。

王巩应该长得挺帅的，要不然怎么是"琢玉郎"呢？

哲宗年纪太小，由祖母高滔滔摄政。高太后不仅不喜欢新法，起用了司马光为相，还是苏东坡的粉丝。于是苏轼在常州没待几天，就又收到诏令，这次可不是犯官了，授朝奉郎知登州（今山东烟台）。

苏轼刚刚还说要终老常州呢，没办法，继续走吧。到登州，只做了五天太守，便受诏回朝。几个月内，连跳数级，授翰林学士、知制诰、知礼部贡举。苏辙也回朝了，兄弟俩又可以经常见面了。

要说士大夫的终极梦想是什么呢？

1. 起草诏书。2. 做帝王师。3. 主持科考。

苏东坡全实现了。回朝后他亲手写下了李定、吕惠卿等人的贬谪诏书；和程颐一起做了小皇帝赵煦的老师；主持了科考，还负责出题。人生达到了巅峰。

他名满天下，连戴的帽子都开始流行。他被关押在御史台的时候，被除去了官服，也没有帽子可戴。古人对帽子有执念，誉为"头衣"，不戴帽子就像没给头穿衣服，非礼也。

苏东坡在狱里用布片给自己折了个帽子，高筒短檐，戴上之后特别显高，之后他便一直戴。此时竟引领了时代潮流，天下人人皆戴"子瞻帽"，连后来的宋徽宗赵佶也爱戴呢。

因他被贬的驸马王诜，借着公主生病跟官家哭闹，很快就官复原职，又有大宅子请文人雅士品茶赏花饮酒斗词了。

苏东坡也去玩儿，他的学生和好友也会去，因为他的到来，文艺圈总有盛会。李公麟曾经画过一幅《西园雅集图》。

时间：北宋元祐年间。

地点：驸马都尉王诜家庭院，也叫西园。

人物：苏轼、苏辙、黄庭坚、秦观、晁补之、张耒、王诜、米芾、李公麟、王钦臣、圆通大师、道士陈碧虚等十六位文化界顶流。

事件：书文、读书、作画、听琴（阮）、讲经、题石。

技术：多次聚会混剪。

总之，西园雅集就是继兰亭雅集后又一巨豪华的顶级文艺聚会。

在京师的四年，苏东坡一边应酬交际，一边应付朝堂党争。

在黄州，他已经对仕途看淡，那些曾经悔恨过的"多嘴多言"却改不掉，该发表意见还是发表意见。司马光执政时，对新法的全面否定和废止他是不同意的，建议保留对百姓有益的一部分。

这让司马光旧党集团很不高兴，说他立场不坚定，新党也不领情。

说起来，司马光和王安石是同一类人。苏东坡说他俩一个是司马牛，一个是拗相公，都太过非黑即白。

他与程颐关系也不好，又多嘴嘲笑程颐不知变通。于是蜀党（苏）和程党好生骂战了多次。弟弟苏辙任右司谏期间还得罪了一大批人，包括他曾经的挚友章惇。

于是，他与章惇也生了嫌隙。他与章惇同榜进士，但因那年章惇的侄子得了状元，好强的章惇耻于名次在侄儿之后，气得干脆再考一次。

他早年出凤翔时，章惇也在陕西，经常找他玩儿。两人共游仙游潭，面对着峭壁悬崖和一根悬于空中的横木，章惇提议到对面的绝壁上题字。苏轼不敢，章惇却走过底下是万丈深渊的独木桥，把两人的名字都题在了峭壁上。

后来苏轼说他："君他日必能杀人。"

章惇问为啥。

苏轼回答说："能自判命者，能杀人也。"

不在乎自己的生命的人，怎么会在乎别人的生命？

后来两人都在江浙为官，也经常一起玩，甚至相约致仕后要住在一起。乌台诗案时，章惇作为新党，却多次上疏为苏轼求情，可见感情之深。

待到哲宗即位后，旧党执政，新党贬谪，章惇被贬为县令，苏东坡却风光无限，且没有上疏为章惇求情。

这让好强的章惇无法接受，爱恨就在一念间，关系自此再不复从前。

朝堂还是那个朝堂，无论是新党执政还是旧党执政，都乌烟瘴气，如林语堂先生所说，仿佛"群蛇滋生的阴潮的山谷"。

苏东坡又被莫须有的"文字罪"折腾了几次三番，他累了，想逃出去：

清夜无尘，月色如银。酒斟时、须满十分。浮名浮利，
虚苦劳神。叹隙中驹，石中火，梦中身。

虽抱文章，开口谁亲。且陶陶、乐尽天真。几时归去，
作个闲人。对一张琴，一壶酒，一溪云。

有一次他在家喝到微醺，捧着肚子问大家他肚子里是什么。

家人有的说是一肚子锦绣文章，有的说是满腹经纶，只有朝云说

他："一肚子的不合时宜。"他听完哈哈大笑，朝云说到了他心里。

53岁这年，"不合时宜"的苏东坡申请外放，任杭州知州。"前生我已到杭州，到处长如到旧游。"他喜欢杭州，只不过他到任时，杭州正瘟疫横行。

如何抗疫成为苏东坡要解决的第一件大事。他本人也会一些医术，还和沈括一起出过一本《苏沈良方》。

他自己调制的苏合香丸、至宝丸，至今还能用。之前在黄州，他在一个叫巢谷的江湖游医那得了一个叫"圣散子"的方子，就是治疗疫病的。但这是巢谷家祖传秘方，不能传人。

他软磨硬泡地求来，指着江水发誓绝不传人。承诺固然重要，但面对被瘟疫折磨的百姓，他食言了。他把这个济世良方给了名医庞安时，令其在各个医坊广施汤药，果然患者"连饮数剂，即汗出气通，饮食稍进，神守完复"。

"得此药全活者，不可胜数。"后来庞安时把这个方子写进了《伤寒总病论》。

然而病人还是太多了，苏东坡干脆自掏腰包外加捐助开了中国第一家公立医院：安乐坊。

他聘请僧人管理，名医坐诊，还根据病人病情的轻重分开隔离治疗，有效阻止了疫情的蔓延。这一番操作很有"悬壶济世"的意思。

与此同时，他还疏通运河、救济饥民，忙得不可开交，都没时间再去看看西湖。

待他再去的时候，阔别了15年的西湖因长期没有疏浚，也淤塞过半，已经半沼泽化，不仅没有景观，还影响居民吃水和农田灌溉——

咱也不知道之前的太守在干吗。苏东坡不开心："使杭州而无西湖，如人去其眉目，岂复为人乎？"

他决定要恢复杭州的眉目——疏浚西湖，动用民工20万人，挖出来的淤泥无处堆放便在湖内筑成七段长堤，又以六桥连接水道，通南北两岸，"六桥横绝天汉上，北山始与南屏通"。又在堤岸两侧种植桃柳，所以才有了现在的西湖十景之一"苏堤春晓"。

除此之外，他还鼓励出租西湖靠岸的水域，百姓可以在水里种植菱角，创收的同时也可以保证湖里的水草得到及时清理。

为了防止百姓无限扩张领域，又在西湖里建了三座塔作为底线标记。那三座塔就是现在的另一西湖景观——"三潭印月"。

2011年6月，杭州西湖被列入世界文化遗产名录，苏东坡对此有不可磨灭的贡献。

当时钱勰知越州（今浙江绍兴），与他有交，两人通信数封。现摘取一二：

竹萌亦佳贶，取笋簟菘心与鳜相对，清水煮熟，用姜芦服自然汁及酒三物等，入少盐，渐渐点洒之，过熟可食。不敢独味此，请依法作，与老嫂共之。呵呵。

苏大厨教老钱做菜。

承录示元之诗，旧虽曾见之，今得公亲书，甚喜。令跋尾。诗词如此，岂敢挂名其间。呵呵。惠示江瑶，极鲜，庶得大嚼，甚快。

呵呵，于苏东坡来说，就是亲密的表达。

他与朋友的书信中一共出现过四十多次"呵呵"，想来这些信，都是他在心情愉快的时刻写下的。

后来钱勰去看他，送别时，他填了一首《临江仙》：

一别都门三改火，天涯踏尽红尘。依然一笑作春温。无波真古井，有节是秋筠。

惆怅孤帆连夜发，送行淡月微云。尊前不用翠眉颦。人生如逆旅，我亦是行人。

他的内心已经如古井一般波澜不惊，但却依然不败气节。人生就像一个大的旅馆，你我都是暂时停留在人间的旅客。

两年间，苏东坡又改知颍州、扬州，在颍州留下了又一个西湖，在扬州废止了劳民伤财的万花会，之后朝廷下诏让他回朝。他轻车上路，一路连上7封奏章，希望能留在江南或者致仕归隐。

但不遂人愿。回朝后，苏东坡授兵部尚书，但很快连遭弹劾。

元祐八年（1093年）八月，同甘共苦25年的老妻王闰之因病去世。

苏东坡悲痛万分，在祭文中说誓与夫人死后同穴。

九月，高滔滔病逝，年仅17岁的哲宗亲政。

17岁的孩子，正是叛逆的时候，赵煦誓要和祖母完全唱反调。新党再次蠢蠢欲动，苏东坡授知定州（今河北保定）。在定州只待了10个月，新党上台后，他因莫须有的"不敬先帝，毁谤先朝"，被贬为英州太守。一个月后，章惇回朝，又连下三条贬谪诏令，苏东坡授宁远军节度副使，惠州（今广东惠州）安置，不得签署公事。

他又成了犯官了。从河北到广东，何止千里迢迢，59岁的苏东坡遣散家中姬妾奴仆，让长子苏迈带一家人去常州定居，只留小儿子苏过陪自己去惠州。但朝云不愿意走，她执意要陪伴他，不离不弃。

步入岭南后，他在大庾岭曾赋诗一首：

> 一念失垢污，身心洞清净。
>
> 浩然天地间，惟我独也正。
>
> 今日岭上行，身世永相忘。
>
> 仙人拊我顶，结发受长生。

如果这个世界真有造物主，能给造物主写信的话，苏东坡定也能提笔一句"呵呵"。

他初到惠州的时候，心情似乎还不错，曾写诗《十月二日初到惠州》：

> 仿佛曾游岂梦中，欣然鸡犬识新丰。
>
> 吏民惊怪坐何事，父老相携迎此翁。
>
> 苏武岂知还漠北，管宁自欲老辽东。
>
> 岭南万户皆春色，会有幽人客寓公。

哎呀，这个地方我梦里可能来过，这些人都认识我这个老头子么，为什么都来欢迎我？岭南的风景还好嘛，那这个地方一定也会有人对我好的。

王巩因他被贬宾州后，苏东坡一定无数次想过岭南，保不齐真的梦见过。因了柔奴那一句"此心安处是吾乡"，估计也早已做好了自己在岭南的心理建设。

不过，对苏轼来说，说"此腹安处是吾乡"也不错，有诗为证："我生涉世本为口，……南来万里真良图。""醉饱高眠真事业，此生有味在三余。"主打一个随遇而安。

他在惠州吃什么？

> 罗浮山下四时春，卢橘杨梅次第新。
> 日啖荔枝三百颗，不辞长作岭南人。

吃橘子，吃杨梅，吃荔枝。给苏辙写信：

> 惠州市井寥落，然犹日杀一羊，不敢与仕者争。买时，嘱屠者买其脊骨耳。骨间亦有微肉，熟煮热漉出。（不乘热出，则抱水不干。）渍酒中，点薄盐炙微燋食之。终日抉剔，得铢两于肯綮之间，意甚喜之，如食蟹螯。

穷啊，买不起羊肉，只能买点儿别人不要的羊脊骨回来，于是自己发明了烤羊蝎子，还吃出了螃蟹腿的味道。

"空烦左手持新蟹，漫绕东篱嗅落英。"真吃了螃蟹。

"芋当去皮，湿纸包，煨之火，过熟，乃热啖之，则松而腻，乃能益气充饥。"吃烤芋头。

他还集资，用自己的钱和苏辙媳妇儿的钱，为百姓建了两座桥：东新浮桥和西新长桥。

桥建成那天：

> 父老喜云集，箪壶无空携。
>
> 三日饮不散，杀尽西村鸡。

嗯，还吃了不少鸡。

除此之外，他还悉心向客家人学习了酿酒，并取名罗浮春："一杯罗浮春，远饷采薇客。"

酿酒之初，全家人都喝得拉了肚子。不过东坡不气馁，在哪里跌倒就在哪里改进，终于酿得能喝了。还写过一本《酒经》，真真斜杠老头。

"一自坡公谪南海，天下不敢小惠州。"苏东坡在惠州只吃了吗？

当然不是，他照例地也点亮了这座城。建桥、除疫、建医院、修营房，他还帮惠州人民设计了中国第一个自来水系统：用竹子做水管，将山泉引到大石槽，又用管道遍布全城，让惠州百姓终于都喝上了山泉水。

他把中原的农具"秧马"的制作工艺和使用方法带到岭南，大大提高了农事效率。

他把惠州的"丰湖"改名西湖，又在湖上筑了一道长堤，所以现在的惠州也有西湖和苏堤。

当然，他自己也活得更加通透。有一次，他去爬松风亭，年纪大了腿脚不便，但心里想着到松风亭就可以休息了。

> 望亭宇尚在木末，意谓是如何得到？
> 良久，忽曰："此间有甚么歇不得处？"
> 由是如挂钩之鱼，忽得解脱。

不是非要走到亭子那里才可以休息，在这路边，不也能坐下来歇一歇吗？

黄州时自问"何时忘却营营"？在惠州，突然放下了。

年长苏轼一岁的苏八娘曾经嫁给母亲程夫人的侄子程之才，程之才既是苏轼的表兄，又是他的姐夫。

然而，八娘嫁过去没多久便死了。苏洵悲愤交加，怒不可遏，作《苏氏族谱亭记》，宣布与程家绝交。

此后，苏、程两家结怨，再无往来。

章惇主政，为了恶心苏东坡，便派了这个他以为的苏东坡的"敌人"也去了岭南，授广南东路提刑。但章惇打错了算盘，程之才并无害苏轼的意思，还派人去看他。

苏轼也不扭捏，回了一封信给程之才：

两甥相聚多日，备见孝义之诚，深慰所望……呵呵。

一句"呵呵"泯了两家恩仇。

在惠州的第二年，哲宗大赦天下，但大小苏作为元祐党人不在其列。苏东坡眼看回北无望，干脆留下来做个惠州人吧：

某睹近事，已绝北归之望，然中心甚安之。未说妙理达观，但譬如元是惠州秀才，累举不第，有何不可。

他已经看开，但朝云不行。他有一首词《蝶恋花》：

花褪残红青杏小，燕子飞时，绿水人家绕。枝上柳绵吹又少。天涯何处无芳草。
墙里秋千墙外道，墙外行人，墙里佳人笑。笑渐不闻声渐悄。多情却被无情恼。

朝云唱到那句"枝上柳绵吹又少"，便唱不下去了，每每泣不成声。

她为苏轼感到难过，一把年纪了，却如枝上的柳绵那样飘荡，不得安宁。朝云随他来到惠州后，"经卷药炉新活计，舞衫歌扇旧因缘"，无微不至地照顾着他。

听朝云哭完，苏东坡再也没让她唱过这首词。他很快在白鹤峰买地，准备盖20间大屋，让朝云也能有归宿。

然而，朝云却没有等到住新屋的那天，就因岭南的瘴疠病逝，年仅34岁。

苏东坡痛苦极了，朝云是他唯一的红颜知己，如今，世上再无如此知心又知冷热之人伴在他左右了。他在西湖孤山为她盖了一间六如亭，并在亭上挂楹联：

> 不合时宜，惟有朝云能识我；独弹古调，每逢暮雨倍思卿。

新屋落成后，取名"白鹤居"。那年春天，苏迈带一家老小来惠州看望他，他很开心，呵呵，原来孙子都到了娶亲的年纪了：

> 旦朝丁丁，谁款我庐。子孙远至，笑语纷如。剪鬓垂髫，覆此孤壶。三年一梦，乃复见余。

但新屋他只住了两个月，因他新诗里那句"为报先生春睡美，道人轻打五更钟"，又被已经步入相位的章惇嫌恶，既然岭南你也能睡得美，那我便把你贬得更远吧。

他被贬儋州（今海南儋州），苏辙被贬雷州（今广东雷州）。苏东坡是第一个被贬谪到儋州那么远的官员，基本有去无回，九死一生。

他交代苏迈："生不挈棺，死不扶柩，此亦东坡之家风也。"万一他在"鸟飞犹是半年程"的儋州死了，就地而葬，绝不要浪费钱把他的灵柩再运回乡。

在去儋州的路上，他与苏辙在藤州（今广西梧州）见了一面，这是兄弟俩最后一次相见。

之后他一叶扁舟渡海，这一年他62岁，虽然和弟弟约定了有朝一日能在颍州一起养老，但登岛的那一刻，他已经抱着必死的决心："今到海南，首当作棺，次便作墓。"先订棺材，再打墓碑，死就死在这儿。

儋州条件有多差呢？

> 此间食无肉，病无药，居无室，出无友，冬无炭，夏无寒泉。

后来，在大家的帮助下，才盖了间桄榔庵（桄榔叶代替茅草为顶的屋子）。但要说苏式定律"一个人点亮一座城"，他在儋州这个民不开化的地方，留下了最为浓墨重彩的一笔。

所谓"东坡不幸儋州幸"。他为海南人民打了第一口井——东坡井。从此百姓知道水原来可以是这个味道。

他帮助百姓改变以狩猎为主的原始生产方式，教他们开垦荒地，耕种养蚕，解决了他们的吃饭问题。

他在载酒堂内讲学，传授儒家诗书礼仪之道，使"蛮荒之地"渐渐"书声琅琅，弦声四起"。

因为他是四川人，至今儋州话的尾音还有四川味儿，就是"东坡话"。

后人曰：

宋苏文忠公之谪儋耳，讲学明道，教化日兴，琼州人文之盛，实自公启之。

儋州疟疾泛滥，但人们只信巫术，无法治疗，他自创药方淡豆豉，建立医坊，为民治病，救人无数。

当然，他依然保有他天真的一面，用桄榔叶造帽子，把斗笠改装成"东坡帽"，还创造椰子冠。

有一次，他头戴"东坡帽"，脚蹬木屐，身穿"奇装异服"走在雨中，乡里无论妇孺看见都笑，他也跟着笑，渐渐融入了其中："他年谁作舆地志，海南万里真吾乡。"

海南与内地太不同了，他笔耕不辍，为海南写了风俗志。

他还发现生蚝真好吃，沉香木真的香，椰子也挺好喝的。他在海南的日子"著书以为乐，时从父老游，亦无间也"。真真做到了随遇而安。"九死南荒吾不恨，兹游奇绝冠平生。"不被贬到这儿，我还玩不了三亚呢。

但海南少米，米价又很贵。饿极了，他便写《老饕赋》，把想吃的东西通通付诸笔尖。还学了辟谷，每晚面对月亮吸风饮露，来"犒赏"自己空空如也的肚皮。

当然，他又进步了，写了一篇《在儋耳书》：

覆盆水于地，芥浮于水，蚁附于芥，茫然不知所济。少焉，水涸，蚁即径去，见其类，出涕曰："几不复与子相见。"岂知俯仰之间，有方轨八达之路乎？念此可以一笑。

人于宇宙之间，和蚂蚁于盆水之间有何不同？并无，呵呵。

有个叫姜唐佐的年轻人找到他讲学的地方，渴望得到他的教诲。他悉心教导半年后，姜唐佐"游广州，学有名，登乡荐"，出海应考，苏东坡有诗赠他："沧海何曾断地脉，白袍端合破天荒。"只有两句，说等他考中回来再把剩下两句补上。

姜唐佐不负所望，成为海南第一个考中进士的人，然而，他考中的时候，苏东坡已经仙逝了，后两句是苏辙补上的："锦衣今日千人看，始信东坡眼力长。"

又有国殇，年仅24岁的宋哲宗驾崩，宋徽宗赵佶即位，天下大赦，苏东坡重授朝奉郎。

在海南待了三年，留下"东坡村、东坡井、东坡田、东坡路、东坡桥、东坡帽、东坡话、东坡书院"等浓墨重彩的数笔之后，苏东坡要离开了。

他又不舍了：

> 我本海南民，寄生西蜀州。
>
> 忽然跨海去，譬如事远游。

回程又是历尽千难万苦。在路过镇江金龙寺的时候，苏东坡看到了好友李公麟为他作的东坡画像，于是提笔写《自题金山画像》：

心似已灰之木，身如不系之舟。

问汝平生功业，黄州惠州儋州。

他把他一生中最艰难的三次贬谪生涯当作功业，这是何等的洒脱和气度，又是何等的智慧和超然！

他一定更爱的是雪中送炭，多过锦上添花。世间再无一个人如他这般，能文，能书画，能医，能治水，能工程，能做教育，能养生，能对自己好，也能觉得天下无一不是好人。

宋徽宗即位后，章惇因为曾经反对还是端王的赵佶继位而被贬至雷州，众臣觉得苏东坡又要得势了，纷纷上疏让他回朝予以重任。

章惇的儿子章援是他主持科举那年的进士，也算是他的学生，害怕他会如章惇对付他那般"以其人之道，还治其人之身"，于是连忙书信给他，希望他能够网开一面。他是怎么回的呢？

他回：

> 某与丞相定交四十余年，虽中间出处稍异，交情固无所增损也。闻其高年，寄迹海隅，此怀可知。但以往者，更说何益，惟论其未然者而已。主上至仁至信，草木豚鱼所知也，建中靖国之意，可恃以安。又海康风土不甚恶，寒热皆适中。舶到时，四方物多有，若昆仲先于闽客、广舟准备，备家常要用药百千去，自治之余，亦可以及邻里乡党。

之后，还将自作的《续养生论》及养生药方随信寄赠，让章援放下心来。不管章氏父子怎么想，以德报怨的苏东坡，早已放下心结，不为之所困了。

他留下的最后一首诗是给幼子苏过的，诗没有名字：

> *庐山烟雨浙江潮，未至千般恨不消。*
> *到得还来别无事，庐山烟雨浙江潮。*

你所执着的拼尽全力追求的，得到了，看到了，也不过如此。要认真做事，但对结果不可强求。看过的"庐山烟雨浙江潮"和没看过的"庐山烟雨浙江潮"是一样的，又是不一样的。

人生的三个境界：看山是山，看山不是山，看山还是山。洞察世事返璞归真，就是苏东坡最后所达到的境界。

也许是回程的路太过艰难漫长，还有爱徒秦观的英年早逝让他太过伤心，苏东坡回来后没多久便病倒了。

66岁这年的七月，在常州，他把孩子们叫到身边说："吾生无恶，死必不坠。"

我一生没有做过坏事，一定不会坠入地狱。他对死亡并无恐惧。几天后，在他弥留之际，好友维琳方丈来送他最后一程，在他耳边提醒他："端明宜勿忘西方。"

想一想西方极乐世界，你就要去那里了。但他气若游丝："西方不无，但个里着力不得。"

知道，但使不上力气啊。

另一位朋友急道："关键时刻，正是要用力的时候啊！"

他说："着力即差。"

顺其自然吧，太用力并不一定是好的啊。如果他有力气咧开嘴巴，也许还会加一句"呵呵"。

这是苏东坡留在尘世间的最后一句话，也是他最后能留给世人的最大的智慧，之后，他坦然又坦荡地闭上了眼睛。

林语堂先生在《苏东坡传》的序文中说：

> 苏东坡是个秉性难改的乐天派，是悲天悯人的道德家，是黎民百姓的好朋友，是散文作家，是新派的画家，是伟大的书法家，是酿酒的实验者，是工程师，是假道学的反对派，是瑜伽术的修炼者，是佛教徒，是士大夫，是皇帝的秘书，是饮酒成癖者，是心肠慈悲的法官，是政治上的坚持己见者，是月下的漫步者，是诗人，是生性诙谐爱开玩笑的人。

一点儿没错，他都是。

辛弃疾：
谁会登临意

　　从北宋"澶渊之盟"开始，重文抑武的宋朝君主便喜欢议和，拿钱堵战争。

　　大宋有钱，能用钱解决的问题，都不叫问题。后来，传说是文曲星下凡的艺术家皇帝徽宗赵佶又和北方崛起的金人签订"海上之盟"一起攻辽，以期能拿回燕云十六州，虽然辽灭，燕云十六州在名义上是拿回来了，但却引狼入室，把更多的宋土连同自己、儿子，皇室亲族大臣3000多人一起都给了金。

　　之后，只有徽宗九子别名"赵跑跑"的康王赵构逃过一劫，在南京应天府登基，又一路逃难，才保住了赵宋又152年的偏安一隅。

　　我们来看一下信奉"逃避主义"的"赵跑跑"

的逃跑路线:

他在靖康之难时手握重兵却不去勤王,从大名府(今河北大名)绕道到应天府登基,在逃去西北还是东南矛盾了几个月后,他先跑去了扬州,金人再次南下,他又跑,途经常州、苏州到杭州,跑得太麻溜,生育能力都跑没了,在杭州又被"苗刘兵变"吓了一下,退位了几天,后来金人进攻杭州,他接着跑到越州,又到宁波,到舟山,渡海到台州和温州。

就这样跑了一年多,金人都追烦了,退兵了。

1131年,他在越州改元绍兴,取"绍祚中兴"之意,从此越州也改了名字叫绍兴。

隔年回到杭州后,赵跑跑就开始一心一意地要和金人议和。

说是议和,更像是摇尾乞怜,否则一个皇帝怎么可能对仇家说出"见哀而赦己"这样的话。

10年后,在奸臣秦桧等人的积极运作下,第二次《绍兴和议》签订:

1. 宋向金称臣,金册封赵构为宋皇帝。

2. 双方东以淮河,西以大散关为界。

3. 宋向金每年纳贡银、绢各25万。

签订条件:

1. 岳飞收复的大部分北方土地割让给金。

2. 金送回赵跑跑老妈韦太后,以及老爹宋徽宗的棺椁。

　　3. 心照不宣地将钦宗留在金国。

　　4. 杀岳飞。

　　至此，南北对峙达成，赵跑跑总算可以睡个好觉了，一口气活到了80多岁。

　　岳飞以"莫须有"的罪名被害于风波亭时，北方金国统治下的山东东路济南府历城县（今山东济南历城），一个两岁的小男孩正在牙牙学语。

　　他就是我们今天的主角辛弃疾。辛弃疾的名字是他祖父辛赞取的。这名字和霍去病确实可以组成一对健康搭档。

　　主要原因是辛弃疾的父亲辛文郁身体太差，弃疾以求个健康平安的口彩。当然也希望他能成为像霍去病那样驱除鞑虏、封狼居胥的大将军。

　　辛赞曾任北宋官员，靖康之难后，济南沦陷，辛赞为家计所累，无法南逃。

　　他是名士，金廷数次召他入仕，因为一家老小都要养活，后来便接受了金国授予的官职，做了"虏官"，官至开封府知府。

　　据说辛赞身在金营心在宋，常常带着孙子们登高远望，指点江山，希望有朝一日能驱除金人，恢复河山。辛弃疾后来在《美芹十论》里有回忆说：

　　　　每退食，辄引臣辈登高望远，指画山河，思投衅而起，

以纾君父所不共戴天之愤。

辛弃疾的父亲英年早逝，养育孩子的重担交给了祖父辛赞。

辛赞曾在亳州做官，请名士刘瞻做了辛弃疾的启蒙老师。刘瞻为他取了表字"坦夫"，"幼安"则是后来才改的。

他又跟蔡松年学习填词，蔡松年是武将出身，官至金国丞相，对辛弃疾的影响颇深，武功和兵法说不定也是跟他学的。

求学时，他还交了个叫党怀英的好朋友，两人合称"辛党"，这个党怀英后来成为金国的一代文宗，官至翰林学士。

说到这儿大家可能有些疑问了，怎么金国的官员设置和大宋差不多啊？

还真是，金国统治者几乎照搬了大宋的政治管理和教育模式。

不过，汉化最深的那几年，是第四代金主完颜亮篡位上台之后。完颜亮很喜欢读书，汉文化功底不错，也颇有文采，比如他作的这首诗：

> 孤驿潇潇竹一丛，不同凡卉媚春风。
>
> 我心正与君相似，只待云梢拂碧空。

辛弃疾不负祖父所望，健健康康，满面红光，长成了一个高大威猛、孔武有力的山东汉子。

当然他也熟读四书五经，文化水平也很了得，分别于15岁和18岁两次去燕京参加金国的科举考试。

说是去赶考，其实是要一路走走停停，考察边防，把金国的山川地貌，屯兵情况熟记于心。

"两随计吏抵燕山，谛观形势。"那肯定是没考上啊，考上了就麻烦了。但他的好朋友党怀英考上了，考上了也就走不了了。

他21岁那年，祖父辛赞去世，据说死前喊了几个字："起事！起事！"

爷爷给孙子留下遗嘱："一定记得要造反！"

但造反也得看机遇，一年后机遇来了。

也许真的是被柳永笔下的"有三秋桂子，十里荷花"所吸引，完颜亮决定带兵去看看，这一看，打破了宋金20年的和平。

完颜亮60万大军兵分四路，进攻南宋。开始节节胜利，但一个月后，一个令军心大乱的消息传来。

因为完颜亮是篡位上台的，他的从弟完颜雍趁他不在家，也想当皇帝，便在东北大本营称帝。

本来就军心不稳，渡江时在采石矶又被宋臣虞允文大败，烧了所有的金船，这让完颜亮非常暴躁，下令3天内必须过江，否则随军大臣一律处死。

然后，完颜亮就被自己人处死了。

那三秋桂子和十里荷花，他到底是没能看上。

完颜亮一死，金国大乱，各路豪强纷纷起事，山东最大的一个豪强叫耿京，短短时间内便集结了20万义军。

辛弃疾22岁那年，也起事了，"鸠众两千余人"。人少不成气候，还是要找大本营。于是辛弃疾便带领那2000多人投奔了耿京。

耿京一见他就很喜欢，觉得这小伙子能文能武，挺不错的，留下来吧，做个掌书记啥的。掌书记就是秘书，写写公文，管管大印什么的。

他有一个和尚朋友叫义端，带着1000多人，也被他引荐给了耿京。哪知这义端和尚有一天竟然偷走了帅印，要送去金营邀功。

耿京大怒啊，就要杀掉引荐人辛弃疾。辛弃疾说："你给我三天时间，帅印和义端的人头，我一并给你带回来。"

当辛弃疾带人截获了义端和尚时，义端和尚说他看出了辛弃疾的真身，乃是一青兕也。大概是辛弃疾太勇猛强壮了，像是一个长着犀角的青色大野牛。

辛弃疾的长相，他后来的好友陈亮有形容说：

> 眼光有棱，足以照映一世之豪；
> 背胛有负，足以荷载四国之重。

目光犀利，身上都是大肌肉腱子，非常强壮，基本就是一肌肉猛男。

辛弃疾把帅印和义端的人头带回去后，耿京更喜欢他了。然后他就劝说耿京归宋。

耿京同意了。耿京同意的原因很复杂，大抵是他这个自封的天平军节度使不够名正言顺，在金国那还是土匪叛党。

完颜雍又有怀柔政策，"在山者为盗贼，下山者为良民"搞得军心不稳。还有缺钱，养那么一大批兵是要银子的，吃不饱饭，兵慢慢就跑了。

于是，辛弃疾23岁这年，也就是1162年，他和天平军的二把手贾瑞一起南渡，联络宋廷。

宋高宗赵构亲自跑到建康接见了他们，高兴啊，白捡20万大军谁不高兴？

他任命耿京为天平军节度使，辛弃疾为右承务郎、天平军掌书记，还有其他大大小小200多个官职，并让他们回山东向耿京传达南宋朝廷的旨意。

辛弃疾和贾瑞还有宋廷的两个宣旨官便回去复命，哪知道在半路上就听说消息，天平军内部叛徒张安国投降金国，并杀了耿京。

两个宣旨官听说后都不敢再往前走，辛弃疾又气又怒，单骑前行，回到山东后便做部署，召集50个骑兵兄弟，直闯张安国所在的金军大营。

据说当时金军有5万，其实可能就还是归降的天平军兄弟们。

洪迈的《稼轩记》里说他：

> 赤手领五十骑缚取于五万众中，如挟兔，束马衔枚，间关西奏淮，至通昼夜不粒食。壮声英概，懦士为之兴起。
> 圣天子一见三叹息，用是简深知。

赤手空拳带着50骑，闯了金营，把正在与金人饮酒的张安国薅起来，夹在胳膊底下，策马而出，出去前还向大军忽悠了一句："10万宋军马上来了，不想死的跟我走！"

就这样小伙子连行昼夜，水米不进，把活着的张安国和一万多天平军带回了宋廷。

张安国被斩首示众，义军被分别安置，辛弃疾的壮举，震动朝野。

辛弃疾后来也写《鹧鸪天》为自己鼓掌：

壮岁旌旗拥万夫，锦襜突骑渡江初。

燕兵夜娖银胡䩮，汉箭朝飞金仆姑。

既然都这么震动了，怎么着也得给个大官儿当当或者给几万兵带带啊，没有，授江阴（今江苏无锡）签判。

对于南宋朝廷来说，他是个不够知根知底的归正人，怎么可能给他大官让他领兵？

三叹息的圣天子还是赵构，不过这是他最后一次以天子身份出现了。完颜亮虽然死了，但是金军还在。

"逃避主义"太上头了，没多久，他便把皇位禅让给了养子赵昚，自己住在号为"德寿宫"的秦桧旧宅当起了太上皇，万事不操心，但谁要是主战北伐就一定还得插一杠子。后人戏称其"抗宋奇侠"，也许真名该叫"完颜构"。

太祖赵匡胤"烛影斧声"猝死后，他弟弟赵光义即位，之后的宋朝皇帝到赵构这一代便都是赵光义那一脉的后代。赵构因为逃跑，一不小心失去了生育能力。

那时，他唯一的儿子才3岁，但苗刘兵变后没多久，就被吓死了。其他的皇室亲族，稍微亲缘近一些的，都在金国当人质。

当时还有民间传言说有人见过金太宗完颜晟，长得和赵匡胤一模一样。咱也不知道谁能活那么久，既能见过赵匡胤又能见过完颜晟。

总之传得神乎其神：赵匡胤冤死之后投胎成完颜晟找赵光义这一脉复仇来了！

赵构大概也是有些相信的，既然本来就是宋太祖家的江山，还给他就是了。于是就在赵匡胤这一脉找了一个他的直系七世孙做了养子，就是后来的宋孝宗赵昚。

36岁的孝宗登基后做的第一件事就是为岳飞平反。

虽然平得不是很到位，但是能顶住压力在"完颜构"眼皮子底下做这件事，已经算是尽力了。于是军民大震，主战派北伐之声甚嚣尘上。而那时金国正陷入内乱，确实正是北伐的好机会。

只不过"中兴四将"都已不在，竟找不到一个合适的领军之人。

不被看见的最佳人选辛弃疾这时候不断呐喊："选我！选我！选我！我可以！"

但他一个归正人，只配做从八品的小官。

赵昚最后选的是主战派老臣，已经60多岁的张浚。

辛弃疾便去找张浚献计，如此这般，兵分四路，怎么怎么打，奈何张浚并不信他。张浚做主帅的这一场北伐，只一个多月后便在符离吃了个大败仗，铩羽而归。

太上皇拉住赵昚说："俟老者百岁后，尔却议之。"

别打了，和谈吧，等我死了，你再说北伐的事儿吧。一直在"王道"和"孝道"中徘徊的孝宗渐渐跑偏，听话地下罪己诏，罢黜张浚，选择了议和。

又一屈辱的《隆兴和议》就这样达成：

1. 宋不再向金称臣，为叔侄关系。

2. 维持《绍兴和议》规定的疆界。

3. 改岁贡称岁币。银、绢各为二十万。

4. 宋割唐、邓、海、泗四州外，再割商、秦二州与金。

自称"家本秦人真将种"的辛弃疾，立志一生要沙场点兵、金戈铁马、收复河山、封狼居胥，况且他以为他来南宋不多久就能打回山东，可现在和平了，互称叔侄了？那怎么回家？

符离大败和《隆兴和议》签订后，他填了一首《满江红》：

> 家住江南，又过了、清明寒食。花径里、一番风雨，一番狼藉。红粉暗随流水去，园林渐觉清阴密。算年年、落尽刺桐花，寒无力。
>
> 庭院静，空相忆。无说处，闲愁极。怕流莺乳燕，得知消息。尺素如今何处也，彩云依旧无踪迹。谩教人、羞去上层楼，平芜碧。

确实，一番没有准备的战火风雨后，只换得国将不国的狼藉。找不到人说说话，不敢说，也不能说，只有闲愁。

他当时的工作江阴签判是个闲官。家人也都接到南宋来了，只不过没多久他妻子就故去了。

完颜亮带兵南征时，有个叫范邦彦的金国县令大开城门，迎接宋师，后也南迁成为归正人。他与辛弃疾一见如故，还把女儿嫁给了他。

26岁那年，辛弃疾分析隆兴北伐失败的原因，又结合金国的实际情况写成《美芹十论》（又叫《御戎十论》），上表朝廷。

嵇康《与山巨源绝交书》中有："野人有快炙背而美芹子者，欲献之至尊。"

唐代高适有诗句："尚有献芹心，无因见明主。"

在文字中，芹常常被用来比喻微不足道之物，同时也象征着文人自谦。辛弃疾的《美芹十论》却绝不是微不足道的，整篇文章以审势第一、察情第二、观衅第三、自治第四、守淮第五、屯田第六、致勇第七、防微第八、久任第九、详战第十为纲，循序渐进，算是一道甚为完备的抗金明策。

后来康熙帝读完《美芹十论》曾作过非常遗憾的评论："君子观弃疾之事，不可谓宋无人矣。特患高宗不能驾驭之耳。使其得周宣王、汉光武，其功业悉止是哉！"

孝宗读完后亲自接见了辛弃疾，两人聊得却不太投机。

辛弃疾"持论劲直，不为迎合"。

官家说这个，他说那个。总之，虽然辛弃疾有才，但孝宗已经无志了，结果可想而知。

28岁那年，辛弃疾又改任建康府通判，建康乃是六朝古都，有个赏心亭，地方志有说：

在（城西）下水门之城上，下临秦淮，尽观览之胜。

辛弃疾随友人建康行宫留守史致道一起登亭赏玩，后作了一首《念奴娇》：

> 我来吊古，上危楼，赢得闲愁千斛。虎踞龙蟠何处是？只有兴亡满目。柳外斜阳，水边归鸟，陇上吹乔木。片帆西去，一声谁喷霜竹？
>
> 却忆安石风流，东山岁晚，泪落哀筝曲。儿辈功名都付与，长日惟消棋局。宝镜难寻，碧云将暮，谁劝杯中绿？江头风怒，朝来波浪翻屋。

这是辛弃疾南归的第七年，宋虽是他的精神国土，但他的家乡在山东。

七年了，他却毫无建树，壮志依然无所酬处，回家依然遥遥无期，可想而知其苦闷。但"江头风怒，朝来波浪翻屋"，依然豪情，也依然壮志不渝。

在建康任职期间，辛弃疾颇为上司叶衡所赏识。

《宋史》说叶衡：

> 衡负才足智，理兵事甚悉，由小官不十年至宰相，进用之骤，人谓出于曾觌云。

是个能人，也是辛弃疾的伯乐。辛弃疾曾于元宵节作过一首《青玉案·元夕》：

东风夜放花千树。更吹落，星如雨。宝马雕车香满路。
凤箫声动，玉壶光转，一夜鱼龙舞。

蛾儿雪柳黄金缕。笑语盈盈暗香去。众里寻他千百度。
蓦然回首，那人却在，灯火阑珊处。

很多人以为这是一首爱情词，那个"他"是辛弃疾爱慕的姑娘，
还有人说是言志词，那个"他"就是辛弃疾归宋数年后迷茫的自己，
也有人说，那个"他"，其实就是叶衡。

因为叶衡的举荐，33岁那年，辛弃疾知滁州。

滁州位于淮河以南，正处国境线，万一打仗，这里必定是兵火连
天，很多士人都不愿去滁州做官。但是叶衡了解辛弃疾，也知道以他
的胆识和气魄，治理滁州不在话下。

欧阳修曾经在滁州写就《醉翁亭记》。彼时，滁州自然风光旖
旎，百姓安居乐业，又是交通要塞，一片生机勃勃。而辛弃疾到任的
滁州却是"州罹兵烬，井邑凋残"。

周视郭郭，荡然成墟，其民编茅藉苇，侨寄于瓦砾之
场，庐宿不修，行者露盖，市无鸡豚，晨夕之须无得。

辛弃疾虽是第一次任地方长官，却大刀阔斧地为滁州造出一片新
天地。他先是豁免税费，"释民之负于官者钱五百八十万有奇"，又奖
励农耕，让流亡在外的滁州人和南逃归人愿意留在滁州。

之后他看准滁州交通要塞的地理位置，又奖励商业，恢复市场，

"凡商旅之过其郡有输于官，令减旧之十七"。于是大批商人又集聚滁州。为给商人服务，又兴建了"奠枕楼"和"繁雄馆"，奠枕楼住宿，繁雄馆吃喝玩乐一条龙。于是"流通四来，商旅毕集，人情愉愉，上下绥泰，乐生兴事，民用富庶"。

这时，辛弃疾到滁州才仅仅半年。奠枕楼落成后，辛弃疾的大舅哥范南伯过生日，他写词《西江月》祝贺：

> 秀骨青松不老，新词玉佩相磨。灵槎准拟泛银河。剩摘天星几个。
> 奠枕楼东风月，驻春亭上笙歌。留君一醉意如何。金印明年斗大。

心情还不错。因为滁州属于边塞，辛弃疾又发挥特长，训练民兵，农忙时农耕，农闲时操练，一可以维持治安，二备为边防不时之需。虽然工作顺利，但壮志依然会来扰人心弦，于是："目断秋霄落雁，醉来时响空弦。"

辛弃疾只在滁州待了两年，便又调回建康任江东安抚司参议官。回建康，肯定要再登赏心亭，于是他作了那首著名的《水龙吟·登建康赏心亭》：

> 楚天千里清秋，水随天去秋无际。遥岑远目，献愁供恨，玉簪螺髻。落日楼头，断鸿声里，江南游子。把吴钩看了，阑干拍遍，无人会、登临意。
> 休说鲈鱼堪脍，尽西风、季鹰归未？求田问舍，怕应羞

见，刘郎才气。可惜流年，忧愁风雨，树犹如此！倩何人唤
取，红巾翠袖，揾英雄泪？

他站在亭上，望着千里风光落日飞鸿，却不禁自问：我怎么会在
这里？我怎么还在这里？拍遍了栏杆，谁能懂我在这里之意？

1175年，朱熹和陆九渊应吕祖谦之邀来到江西省铅山县鹅湖寺，
开展了一场理学上客观唯心主义和主观唯心主义的辩论，被称为鹅湖
之会。

同年四月，湖北茶农、茶贩在赖文政领导下，组成武装力量，反
叛朝廷。自唐代以来，茶叶便是朝廷统一征收，统一售卖。

到南宋时期，更是有"以茶制夷"之说，茶叶可以代银向金输纳
岁币，南宋军队的马匹也全部都是茶马互市交易所得。但与此同时，
茶农茶商的赋税也更重了。

于是便涌现出大量的私茶贩子，并集结起来，与官兵时有冲突，
到后来，直接举旗反叛。

湖北鄂州都统李川调兵前往平叛，费了九牛二虎之力，也只是把
赖文政和茶商军赶出了湖北。

茶商军又转战湖南、广东、江西，得到当地茶农和茶商的拥护，
队伍不断壮大。朝廷又施行招安政策，但赖文政对做官并无兴趣。小
小一个茶商军，让南宋政府头痛不已。

周必大非常担忧，上疏言：

> 四百辈无纪律之夫，朝廷远调江鄂之师几至万人，小寇

尚尔，倘临大敌，则将若何？

南宋的打仗能力实在是太弱了。

六月，叶衡举荐辛弃疾去平乱，授辛弃疾江西提点刑狱，节制诸军，讨捕茶寇。七月，辛弃疾到任。九月，茶商军被剿灭。

没的说，实在没的说。就是这么的强大。

第二年，辛弃疾调任，从赣州途经造口去游赏了郁孤台，写下千古名篇《菩萨蛮·书江西造口壁》：

> 郁孤台下清江水，中间多少行人泪。西北望长安，可怜无数山。
> 青山遮不住，毕竟东流去。江晚正愁余，山深闻鹧鸪。

郁孤台下的江水那样清澈，却洒下过多少南渡之初的北人混浊的泪水。再回头看故都，却被无数山川阻隔。山能阻隔住回望的目光，而水却不管不顾，把亡国的思绪带向更远之处。天色晚了，我也满腹的忧愁，接着就听见那鹧鸪鸟的叫声："咕咕，咕咕。孤苦。孤苦。"

一个月后，辛弃疾知江陵府兼荆湖北路安抚使，与友人马叔度在月波楼上吟诗赏月，酒后豪情满怀，壮志勃发，遂作《水调歌头》：

> 客子久不到，好景为君留。西楼着意吟赏，何必问更筹。唤起一天明月，照我满怀冰雪，浩荡百川流。鲸饮未吞海，剑气已横秋。

野光浮，天宇迥，物华幽。中州遗恨，不知今夜几人愁。谁念英雄老矣，不道功名簋尔，决策尚悠悠。此事费分说，来日且扶头。

几个月后，又调往湖南。辛弃疾41岁前的仕途生涯，调任多达十几次，最长不过两年，短的也就数月便被调走。

他肯定不是很开心，于是作《摸鱼儿》：

更能消、几番风雨？匆匆春又归去。惜春长怕花开早，何况落红无数。春且住。见说道、天涯芳草无归路。怨春不语。算只有殷勤，画檐蛛网，尽日惹飞絮。

长门事，准拟佳期又误。蛾眉曾有人妒。千金纵买相如赋，脉脉此情谁诉？君莫舞，君不见、玉环飞燕皆尘土！闲愁最苦。休去倚危栏，斜阳正在、烟柳断肠处。

天涯芳草无归路，玉环飞燕皆尘土。世事变迁，无可奈何，一声叹息。

湖南多盗匪，民风彪悍，而禁军力量薄弱。

辛弃疾到任后，一边体察民情，一边抓捕盗匪，忙得不可开交。因湖南地理位置特殊，"控交广之户牖，拟吴蜀之咽喉"，只靠南宋孱弱的禁军显然不行，辛弃疾于是向朝廷申请组建一支飞虎军：

军政之敝，统率不一，差出占破，略无已时。军人则利于优闲窠坐，奔走公门，苟图衣食，以故教阅废弛，逃亡者不追，冒名者不举。平居则奸民无所忌惮，缓急则卒伍不堪征行。至调大军，千里讨捕，胜负未决，伤威损重，为害非细。乞依广东摧锋、荆南神劲、福建左翼例，别创一军，以湖南飞虎为名，止拨属三牙、密院，专听帅臣节制调度，庶使夷獠知有军威，望风慑服。

朝廷同意了，辛弃疾立刻撸起袖子就干。为了修建军营，他下令调集全城囚犯，以开采石头的数量作为个人减刑的依据。

囚犯们热情高涨，争先恐后，所需石块很快就备齐了。赶上梅雨天，不好烧制瓦片，为了早日建好营房，又动员全城百姓，如每户能供瓦片20块，便可得钱100文，于是家家户户都在上房揭瓦，瓦片也很快凑齐。

不过几十天，军营便建成了。

不得不说，辛弃疾脑子是真好使。但他为什么要搞这么快呢？

因为他知道，杭州那边已经有人在参他了。

枢密院的工作人员觉得实在是花钱太多，不同意，要阻挠。

议者以聚敛闻，降御前金字牌，俾日下住罢。弃疾受而藏之，出责监办者，期一月飞虎营栅成，违坐军制。如期落成，开陈本末，绘图缴进，上遂释然。

连御前金牌都下达了，让他停工。这个金牌就是让岳飞饮恨回朝的那12道急令诏书。但辛弃疾却做出了和岳飞完全不同的选择，他收到金牌，已读不回，然后他把金牌藏起来了。但还好，官家没生气。

这支飞虎军的每一个士兵都是辛弃疾精心挑选的，各个以一当十。

朱熹当时也在湖南上班，说过这支部队"选募既精，器械亦备"。于是"军成，雄镇一方，为江上诸军之冠"。

后来辛弃疾改知隆兴府（今江西南昌）兼江西安抚使，其时江西各地正遭逢严重旱灾，他到任之后又有灾荒，赈灾只有八个字："劫禾者斩，闭粜者配。""秦人将种"就是这么简单粗暴又实际有效。

就是这次在江西，他途经上饶，看上了一块地，信州郡治之北一里余，有空旷之地，"三面傅城，前枕澄湖如宝带"。他把那块地买了下来并取名带湖，开始修建自己的庄园。这就是后来他被弹劾罢官后闲居10年的带湖山庄。

洪迈曾在《稼轩记》里说，因为离杭州近，士大夫都爱在上饶置业，"国家行在武林，广信最密迩畿辅。东舟西车，蜂午错出，处势便近，士大夫乐寄焉"。

如辛弃疾自己所说，他"刚拙自信，年来不为众人所容"，就是在刚刚调任浙西提刑时，他被监察御史王蔺弹劾"用钱如泥沙，杀人如草芥"。还说他在湖南的时候，"虐害田里""肆厥贪求，指公财为囊橐""敢于诛艾，视赤子犹草菅"。总而言之就是辛弃疾残暴滥杀，还贪污。

辛弃疾贪污没贪污咱也不知道，咱也不敢说，但是他有一次走私牛皮被朱熹记下来了。

不过宋朝政府高薪养廉，官员都是高薪。杀人嘛，那是他在做提刑的时候，盗匪、叛军，罪大恶极的罪犯肯定是杀过的。但有一说一，他对百姓是很宽厚的，在给宋孝宗的报告《论盗贼札子》中说：

> 田野之民，郡以聚敛害之，县以科率害之，吏以取乞害之，豪民大姓以兼并害之，而又盗贼以剽杀攘夺害之。臣以谓，不去为盗，将安之乎，正谓是耳。

他了解百姓疾苦，愿意为民请命。而王蔺呢，宋孝宗曾经对周必大说"王蔺论事颇偏"，有点儿偏执。

于是42岁这年，辛弃疾被罢官免职。刚好他的带湖山庄也修成了，干脆，回家养老去算了。

带湖别墅建得漂亮啊，有屋百间，低洼处便是良田。辛弃疾在田边又修建一排小屋取名稼轩，自此他便自称"稼轩居士"了。

同样是出自洪迈的《稼轩记》：

> 既筑室百楹，度财占地什四。乃荒左偏以立圃，稻田泱泱，居然衍十弓。意他日释位而归，必躬耕于是，故凭高作屋下临之，是为"稼轩"。而命田边立亭曰"植杖"，若将真秉未耨之为者。东冈西阜，北墅南麓，以青径款竹扉，锦路行海棠。集山有楼，婆娑有堂，信步有亭，涤砚有渚。

怎么样，高不高级，喜不喜欢？

有草坪，有竹子，有海棠，有集山楼，有婆娑堂，有信步亭，还有涤砚渚。讲真，如果是我家，外卖又能送达的话，我可以住一百年。

辛弃疾也喜欢得不行，为自己安排好了田园生活：

> 带湖吾甚爱，千丈翠奁开。先生杖屦无事，一日走千回。凡我同盟鸥鹭，今日既盟之后，来往莫相猜。白鹤在何处？尝试与偕来。
>
> 破青萍，排翠藻，立苍苔。窥鱼笑汝痴计，不解举吾杯。废沼荒丘畴昔，明月清风此夜，人世几欢哀？东岸绿阴少，杨柳更须栽。

就是每天要在这个院子里走一千个来回，与鸥鹭做好朋友，希望鸥鹭能把白鹤也带过来，没事儿整理整理池塘，养养鱼，种种树什么的。然后就"一松一竹真朋友，山鸟山花好弟兄"。

你说这屋修了百间，住得完吗？

是这样的，辛弃疾有九个儿子，两个女儿，还有六个侍妾，加上用人仆从，儿子再娶亲生娃，不就能住完了吗？

宋史名家邓广铭所著《辛稼轩年谱》记载了辛弃疾有六个侍妾。

> 可考者先后凡六人：曰整整，曰钱钱，曰田田，曰香香，曰卿卿，曰飞卿。

整整会吹笛子，田田、钱钱会笔墨算是文字秘书，飞卿善书法，卿卿能歌善舞。香香可能最漂亮又和辛弃疾最贴心，经常陪睡，"娇痴却妒香香睡，唤起醒松说梦些"，自己睡不着，把人家香香推醒了要聊天。

九个儿子，前八个名字都很正常，独独小儿子取名铁柱，可见其偏爱。"最喜小儿无赖，溪头卧剥莲蓬。"最喜是真的。

在带湖山庄居住的这十年，是辛弃疾文字创作最鼎盛的时候，写出了诸多中小学生必备系列。

比如《西江月·夜行黄沙道中》：

　　明月别枝惊鹊，清风半夜鸣蝉。稻花香里说丰年，听取蛙声一片。
　　七八个星天外，两三点雨山前。旧时茅店社林边，路转溪桥忽见。

比如《丑奴儿·书博山道中壁》：

　　少年不识愁滋味，爱上层楼。爱上层楼，为赋新词强说愁。
　　而今识尽愁滋味，欲说还休。欲说还休，却道天凉好个秋。

比如《破阵子·为陈同甫赋壮词以寄之》：

　　醉里挑灯看剑，梦回吹角连营。八百里分麾下炙，五十弦翻塞外声，沙场秋点兵。

马作的卢飞快，弓如霹雳弦惊。了却君王天下事，赢得生前身后名。可怜白发生！

陈同甫是谁呢？怎么能让辛弃疾为他写出这千古一词呢？

陈同甫，就是陈亮。陈亮比辛弃疾小三岁，51岁前皆为布衣，27岁那年上《中兴五论》，孝宗震动不已，把文章贴在朝堂上，遂名震天下。他是坚定的主战派，愤怒青年，"百折不回，饶有铜肝铁胆"，倡导"事功之学"，提出"盈宇宙者无非物，日用之间无非事"，指摘理学家空谈"道德性命"。

他与理学家朱熹就"王霸义利之辩"，写信辩论，一来二去三四年。陈亮嘴巴毒，得罪了不少人，被诬告坐牢出狱后，朱熹写信给他说："平时自处于法度之外，不乐意闻儒生礼法之论。"

你行为做事离犯法很近啊，不如学学儒道礼法。

陈亮一看，呵呵，你在教我做事？遂回信怼说："知议论之当正而不知事功之为何物，知节义之当守而不知形势之为何用。"

说朱熹一天到晚就知道瞎掰，正经看清楚形势好好做事行不行？就这样开始了辩论。

据说辛弃疾第一次见到陈亮，就是站在自己家楼上往下看，就看见一愤怒小伙儿在骑着马上桥，马却三次不上，小伙子气得下马直接把马推倒在地，自己过桥走了。辛弃疾遂惊为天人。俩人相互间简直就是与世同存的另一个自己。

陈亮去带湖山庄看望辛弃疾这次，辛弃疾已经49岁，他们还邀请了朱熹，准备去铅山鹅湖再来一次鹅湖之会。

两人苦等朱熹10天，但朱熹压根没去，理由是，家里菜地里的枸杞和菊花快长熟了，要是去了就吃不上了，这不是小事。

画外音是，你们虽是英雄，但我可是圣人。你们走你们的独木小桥，我要走我的阳关大道。

好吧，俩人就自己来了场鹅湖之会，共商抗金大计。辛弃疾说陈亮：

> 我最怜君中宵舞，道"男儿到死心如铁"。看试手，补
> 天裂。

陈亮说辛弃疾：

> 男儿何用伤离别。况古来、几番际会，风从云合。

一个我怜你，一个你是风儿我是云，惺惺相惜，最好的知己。

53岁那一年，辛弃疾曾被短暂的起复，出任福建提刑、福州知州、福建安抚使。

两年后，又被弹劾罢官。弹劾内容与前一次相似，福建籍官员黄艾弹劾他"残酷贪饕，奸赃狼藉"。

御史中丞何澹说：

> （弃疾）赃污恣横，唯嗜杀戮。累遭白简，恬不少悛。
> 今俾奉祠，使他时得刺一州，持一节，帅一路，必肆故态，
> 为国家军民之害。

辛弃疾心里苦，写《西江月》抒怀：

贪数明朝重九，不知过了中秋。人生有得许多愁，惟有黄花如旧。

万象亭中殢酒，九仙阁上扶头。城鸦唤我醉归休，细雨斜风时候。

你们这些胡说八道的乌鸦，老子不干了，回家喝酒去啦！

55岁这一年，辛弃疾再次归隐田园，并建造了他的第二栋别墅，庄园名叫瓢泉。

顾名思义，瓢泉像个瓢。但它本来名叫周氏泉，由两窟清泉组成，前窟形似石臼，后窟形似圆瓢，两窟有小沟相通连，泉水终年汩汩滔滔，遇大旱时节也不干涸。

辛弃疾买下后，就改名瓢泉，并决定"便此地、结吾庐，待学渊明，更手种、门前五柳"，又作《水龙吟》：

老来曾识渊明，梦中一见参差是。觉来幽恨，停觞不御，欲歌还止。白发西风，折腰五斗，不应堪此。问北窗高卧，东篱自醉，应别有、归来意。

须信此翁未死。到如今、凛然生气。吾侪心事，古今长在，高山流水。富贵他年，直饶未免，也应无味。甚东山何事，当时也道，为苍生起。

五十而知天命，如今，我才明白陶渊明为什么要选择归隐，但我从未后悔过我为天下苍生做过的那些事。

辛弃疾57岁那年，带湖山庄失火，之后，全家便都移居到位于上饶铅山的瓢泉山庄了。

瓢泉山庄对比带湖山庄，只好不差。所以怎么讲，大家都说辛弃疾一生壮志难酬，悲情英雄，又屡被诬告，遭受许多挫折打击，对时局失望，实在是令人同情，但人家过得挺好的，做官的时候稳步升迁，归隐的时候虽然"雕弓挂壁无用，照影落清杯"，但他有钱啊，住得特别好，又有朋友一起玩，儿女妻妾成群。

据说后来他与陆游结交，觉得陆游住得不太好，便热心肠地要出钱给陆游建房子，被陆游拒绝了，但留下了记录："辛幼安每欲为筑舍，予辞之，遂止。"

又作诗："幸有湖边旧草堂，敢烦地主筑林塘。"

不用了，不用了，我住得也挺好的。

人年纪大了，虽然胸怀依然激烈，但已经能找到自我宽慰的方式，辛弃疾闲居时曾作《行香子》：

归去来兮。行乐休迟。命由天、富贵何时。百年光景，七十者稀。奈一番愁，一番病，一番衰。

名利奔驰。宠辱惊疑。旧家时、都有些儿。而今老矣，识破关机。算不如闲，不如醉，不如痴。

"不如醉，不如痴"，辛弃疾爱酒，但晚年时他身患消渴症（糖尿病），大夫让他戒酒，他戒不掉，写了一首《沁园春·将止酒，戒酒杯使勿近》：

> 杯汝来前！老子今朝，点检形骸。甚长年抱渴，咽如焦釜；于今喜睡，气似奔雷。汝说"刘伶，古今达者，醉后何妨死便埋"。浑如此，叹汝于知己，真少恩哉！
>
> 更凭歌舞为媒。算合作平居鸩毒猜。况怨无小大，生于所爱；物无美恶，过则为灾。与汝成言，勿留亟退，吾力犹能肆汝杯。杯再拜，道"麾之即去，招则须来"。

颇有童趣，跟酒杯吵架，觉得自己戒不了酒全怪杯子。

戒不了酒喝醉了，老男孩又和松树打架：

> 昨夜松边醉倒，问松我醉何如。
>
> 只疑松动要来扶。以手推松曰去。

喝多了跑到松树下问人家："我醉得怎么样啊？"松树不搭理他，醉眼迷蒙中他还以为松树要来扶他，还气得推松树说："你可去吧。"

老头儿还特别自恋，出去玩了一圈回来作词说："青山意气峥嵘，似为我归来妩媚生。"

嗯，一定是我太帅了，青山都开始对我抛媚眼儿了。

布衣了大半生的陈亮51岁中状元，52岁便因病去世，世界上最懂辛弃疾的人去了，普天之下，也只有他能会他的登临意。

辛弃疾郁郁寡欢很久，后作词《贺新郎·邑中园亭》：

甚矣吾衰矣。怅平生、交游零落,只今余几! 白发空垂
三千丈,一笑人间万事。问何物、能令公喜? 我见青山多妩
媚,料青山见我应如是。情与貌,略相似。

一尊搔首东窗里。想渊明、《停云》诗就,此时风味。
江左沉酣求名者,岂识浊醪妙理。回首叫、云飞风起。不恨
古人吾不见,恨古人、不见吾狂耳。知我者,二三子。

我已经老了,老朋友也一个个离我而去,世界上能懂我的人越来
越少了。

赵构做太上皇做了25年才死,宋孝宗也在两年后因为太伤心赵构
的离世而退位做了太上皇。

宋孝宗对赵构的孝顺让他谥号孝宗,但他儿子宋光宗赵惇却是个
脑筋不太正常的妻管严加不孝子,甚至孝宗临死前都不去看他,孝宗
的葬礼也不去参加。

于是,在位5年的赵惇便被赵汝愚和韩侂胄一起在太皇太后吴氏的
支持下强迫退位,禅让给其次子嘉王赵扩,是为宋宁宗。

据说众人拥立赵扩时,他吓坏了,哭喊:"上告大妈妈,臣做不
得,做不得。"

吴太后干脆把黄袍披在他身上才完成了这场政变,史称"绍熙
内禅"。

赵汝愚是赵光义八世孙,宁宗即位后授右丞相。

而韩侂胄是仁宗时名相韩琦的曾孙,吴太后是他大姨,和赵汝愚

一样拥立宁宗有功，却只授宜州观察使兼枢密都承旨。

赵汝愚推荐朱熹为宁宗讲学，理学主张的"存天理灭人欲""格物致知"，年轻的宁宗却听不进去，下诏免去朱熹的侍讲身份。赵汝愚反对宁宗的做法，韩侂胄借此机会与同党弹劾赵汝愚。

于是朱熹被罢官，赵汝愚等十人相继被罢黜。而韩侂胄一路升迁，位极人臣。

韩侂胄武将出身，是坚定的主战派，他上位后给岳飞进一步平反，追封为鄂王，同时又将秦桧削爵，定其谥号为"谬丑"。

这一番操作，大快人心。同时，他也开始起用主战派人士，陆游和辛弃疾都在其中。

陆游曾为韩侂胄写祝寿诗，辛弃疾更是对韩侂胄寄予了厚望，写词说："直使长江如带，依前是、保赵须韩。"要保卫赵家的江山，还得靠老韩啊。

在韩侂胄的举荐下，64岁的辛弃疾被起用为知绍兴府兼浙东安抚使，次年知镇江府，戍守江防要塞京口。

老辛开心啊，他积极备战，其间登上镇江北固山的北固楼，放眼眺望这个他无比热爱的疆土，也远望着那希望还能回去的家乡，作了两首名垂千古的词。

一首是《南乡子·登京口北固亭有怀》：

> 何处望神州？满眼风光北固楼。千古兴亡多少事？悠悠。不尽长江滚滚流。
>
> 年少万兜鍪，坐断东南战未休。天下英雄谁敌手？曹刘。生子当如孙仲谋。

还有一首是《永遇乐·京口北固亭怀古》：

> 千古江山，英雄无觅孙仲谋处。舞榭歌台，风流总被，雨打风吹去。斜阳草树，寻常巷陌，人道寄奴曾住。想当年、金戈铁马，气吞万里如虎。
>
> 元嘉草草，封狼居胥，赢得仓皇北顾。四十三年，望中犹记，烽火扬州路。可堪回首，佛狸祠下，一片神鸦社鼓！凭谁问、廉颇老矣，尚能饭否？

就算我老了，但我和廉颇一样，能吃饭就还能打。

但也不过两年，66岁的辛弃疾再次被弹劾降职，他身体不好，干脆辞官。

而与此同时，开禧北伐并不顺利。

中兴四将之后的宋廷，哪还有什么不错的将领？于是他们又想起了辛弃疾，再次起用他为枢密都承旨。

等待了一生要上战场的辛弃疾，终于等到了，但机会却来得太迟，68岁的他已经缠绵病榻，无法起身了。

没几日，辛弃疾病逝，死前连喊三遍："杀贼！杀贼！杀贼！"

同年，北伐失败，作为又一次和谈的条件，韩侂胄的人头被送去金国示众。

屈辱的《嘉定和议》签订后，赵家王朝又继续了一段"暖风熏得游人醉，直把杭州作汴州"的和平日子。而那星火般的民族自尊与荣耀，却隐在辛弃疾的词作里，即便历经千年，读罢也依旧令人戚戚。